퐁 카페의
마음 배달 고양이

퐁 카페의
마음 배달 고양이

시메노 나기 지음

박정임 옮김

일러두기
본문의 주는 모두 옮긴이의 것입니다.

목차

프롤로그

사람이나 동물이 죽으면 별이 된다며 하늘을 올려다보고는 하는데, 사실 그들은 그리 멀리 있지 않다.

이쪽 세계와 저쪽 세계는 출입문 하나를 사이에 두고 있을 뿐 잇닿아 있다.

의외로 쉽게 오갈 수 있는 것이다.

하지만 너무 눈에 띄게 나타나면 저쪽 세계 사람들이 놀란다. 이 부분은 아주 주의해야 하는데, 무엇보다 슬며시 빠져나가는 것이 중요하다.

사실 나도 아직은 수행 중인 몸이라서 능숙하지는 않지만 말이다.

첫 번째 임무

고양이 배달부,
갤러리로 가다

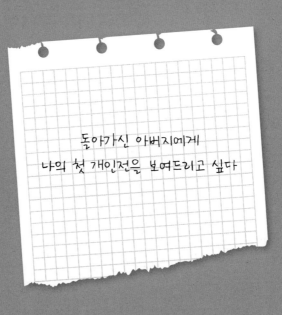

돌아가신 아버지에게
나의 첫 개인전을 보여드리고 싶다

1

수업 종료를 알리는 종소리에 잠이 깼다.

"으윽, 드디어 끝났다."

나는 주황색과 흰색 줄무늬가 있는 등을 활처럼 구부리고 앞발로 앙버티며 힘껏 기지개를 켰다. 힐끗 옆을 보니 검은 고양이 나쓰키가 자못 심각한 표정으로 무언가를 암송하고 있었다.

"첫째, 일찍 자고 일찍 일어날 것. 둘째, 적당하게 운동할 것. 셋째, 과식하지 말 것. 넷째, 자기 할 일은 자기가 할 것. 다섯째는……."

고동색 고등어 무늬가 있는 강사 고양이가 조금 전에 근엄하게 설명했던 '이쪽' 세계에서 지켜야 할 다섯 가지 규칙인지 뭔지에 대한 얘기다.

"넌 진짜 범생이구나. 그런 소리야 이전에도 늘 들었잖아. 괜히 다섯 가지 규칙이니 뭐니를 갖다 붙인 거지."

나쓰키가 눈을 치켜뜨고 나를 쳐다보았다. 작은 얼굴 위 동글동글한 눈알이 쏟아질 듯했다.

"하지만 예전에는 유나가 돌봐줬는걸. 그런데 이제는 나 스스로 해야 한다니……."

'유나'는 나쓰키의 주인 이름이다. 아니, 이제는 과거 주인이라고 해야 하나. 여하튼 지인의 집에서 생후 두 달 된 나쓰키를 데려온 유나는 당시 회사에 갓 들어간 신입사원이었고, 혼자 살았다고 한다. 나쓰키가 열두 살이 되었을 때 유나가 결혼하게 되면서 함께 신혼집으로 들어갔다. 다행히 남편도 애묘가여서, 나쓰키가 열여덟 살에 '이쪽' 세계로 오게 될 때까지 약 5년 동안 유나와 그가 함께 보살펴 주었다고 한다.

"훌쩍거리지 마."

선배랍시고 의연한 척했지만, 나 역시 괜찮을 리가 없었다.

'미치루는 괜찮을까. 대학교 강의는 잘 듣고 있으려나. 학교에 적응이 안 된다고 힘들어했는데 친구들과는 잘 지내고 있을까……'

미치루는 어렸을 때부터 낯가림이 심하고 툭하면 울음을 터뜨리던 울보였다. 그런 미치루가 울먹이는 모습을 떠올리자 가슴 깊은 곳이 아려왔다. 코끝이 촉촉해진 나는 그 모습을 들키지 않기 위해 의자에서 힘껏 뛰어내렸다.

2

내가 '이쪽' 세계로 온 것은 사흘 전 아침의 일이었다.

내게는 부모 고양이에 대한 기억이 없다. 차가운 콘크리트(나중에 알았는데, 아파트의 자전거 보관소였던 모양이다) 위에서 달달 떨었던 것만 희미하게 기억난다. 아무래도 추운 밤이었으니까, 웅크리고 있는 것밖엔 할 수 있는 일이 없었다. 아빠가 퇴근길에 나를 발견해서 집으로 데려가 주지 않았다면 나는 아마 진즉에 이쪽 세계의 주민이 되었을 것이다.

그 이후 계속 아빠와 엄마, 그리고 당시에는 갓난아이였던 미치루와 함께 속 편한 집고양이로 19년을 살았다. '저쪽' 세계에서 나름 장수했으니 천수는 누렸다고 자부한다.

검은 고양이 나쓰키를 처음 만난 건 오늘 오후였다. 이쪽 세계에 방금 도착했는지 어리둥절한 표정으로 당황하고 있는 나쓰키에게 내가 먼저 말을 걸어주었다.

녀석은 꽤 응석받이로 살았는지 두 팔(앞발이라고 해야 맞겠지만)로 다 안을 수 없을 만큼 많은 장난감을 가지고 왔다. 애착 인형인 듯한 새 모양의 봉제 인형을 입에 물고, 불안한 듯 풀이 죽어 있는 모습이 너무 가여워서 나도 모르게 도와줘야겠다고 생각했었다.

정식으로 이쪽 세계의 주민이 되기 위해서는 먼저 가이던스인지 뭔지 하는 연수에 출석해야 한다. 마침 나도 오늘 오후에 있는 연수에 참가할 예정이어서 나쓰키를 이곳까지 데리고 온 것이다. 이쪽 세계에 온 후 사흘 동안은 동네 구석구석을 정찰하며 돌아다녔기 때문에 연수 장소는 완벽하게 숙지하고 있었다.

"게다가 첫 7개월 동안은 주인을 만나러 가면 안 된다니, 너무하지 않아? 지금 당장이라도 유나한테 달려가고 싶은데."

"그렇게 곧바로 나타나면 유나가 얼마나 놀라겠어. 그러니까 어쩔 수 없는 거야."

나는 다시 울먹이는 나쓰키를 타일렀다.

"좀 전에 강사 선생님이 지구가 뒤틀리기 때문에 안 된다고 했지?"

"이상한 표현이긴 한데, 간단하게 말하자면 이쪽 세계와 저쪽 세계의 균형이 깨진다는 뜻일 거야. 사실 인간은 백중날이면 저쪽 세계에 다녀올 수도 있고 히간*에는 아주 가까운 곳까지 갈 수 있는 모양이지만. 우리도 일곱 달만 지나면 그런대로 융통성이 생기니까, 조금만 참아."

"앞으로 일곱 달 뒤면, 그러니까……."

나쓰키가 손가락을 접어가며 숫자를 셌다. 말이 그렇지, 사실 고양이 손가락에는 관절이 없어서 접을 수도 없다. 그러니까 정확하게 표현하자면 앞발의 발톱을 쑥 내밀며 세고 있는 것이다.

"1월이야."

나는 거침없이 대답했다. 이쪽에 온 첫날부터 수없이 세어봤기 때문에 틀릴 리 없다.

---

* 彼岸, 일본의 계절 풍습 중 하나. 춘분과 추분의 3일 전후인 7일의 기간을 의미한다.

"1월? 다행이다. 늦지 않겠어."

나쓰키는 기분이 좋아졌는지 긴 꼬리로 바닥을 쳤다. 탕, 하는 경쾌한 소리가 울려 퍼졌다.

"늦지 않겠다니, 뭐가?"

"유나의 배 속에 지금 아기가 있어. 아기가 나올 때 옆에 있어주고 싶었거든."

"정말 다행이네!"

나쓰키는 꼬리를 휙휙 흔들면서 가지고 온 장난감을 정리하기 시작했다. 나는 그런 나쓰키에게 복도에 있는 게시판을 보러 가자고 말했다.

"맞다, 아르바이트도 구해야지."

"생활비는 직접 벌어야 하니까."

이곳에서도 걱정 없이 기본적인 생활을 이어갈 수 있도록 잠자리와 먹거리 등은 제공된다. 하지만 맛있는 간식이나 좋은 장난감에 필요한 돈은 직접 마련하는 수밖에 없다.

"그나저나 검은 고양이는 좋겠어. 찾는 곳이 수두룩하잖아. 이거 봐."

나는 수직으로 펄쩍 뛰어올라 게시판에 붙은 아르바이트 모집 공고를 앞발로 가리키며 말했다.

"와, 그렇네! 검은 고양이만 지원할 수 있다는 곳이 엄청 많네."

나쓰키는 안고 있던 봉제 인형을 더욱 세게 껴안았다. 카페 마스코트, 그림책이나 영화 출연 등 검은 고양이는 어디서나 인기 폭발이었다.

"게다가 여름이 지나면 더 바빠질 거고."

내 말에 나쓰키는 의아한 표정을 지었다.

"왜?"

"핼러윈 준비를 도와야 하잖아."

"빗자루 타는 검은 고양이? 와, 완전 내 로망인데."

나쓰키는 귀를 쫑긋 세웠다.

나는 얼굴보다 큰 건 아닐까 싶을 만큼 커다란 나쓰키의 귀에서 시선을 떼고 다시 게시판을 훑어보았다.

부지런한 고양이 구함. 모집 인원 한 마리. 성별, 종, 무늬 무관.

"오, 이건 나도 가능하겠는데. 보수는……."

나는 모집 공고의 조건을 자세히 살폈다.

"괜찮은걸."

고개를 끄덕이며 옆을 보니, 나쓰키는 마녀와 함께 빗자루를 타는 아르바이트 공고에서 눈을 떼지 못하고 있었다. 봉제 인형을 껴안고 벌벌 떨면서 빗자루에 걸터앉은 나쓰키를 상상하자 웃음이 터질 것만 같았다. 나도 질 수는 없다.

"그럼 또 봐."

나쓰키에게 인사를 하고 돌아섰다가 다시 뒤를 보며 말했다.

"참고로 다섯 번째 조항은 '기분 좋게 하루하루를 보낼 것'이야."

내 말에 나쓰키가 동그란 눈을 반짝반짝 빛내며 나를 보았다.

"뭐야, 후타! 자는 척하면서도 선생님 말씀은 열심히 듣고 있었구나."

"당연하지."

나는 수염이 실룩이는 것을 느끼면서 주황색 줄무늬 꼬리를 꼿꼿하게 세웠다.

"어쨌든 너무 무리하지는 마. 적당히 열심히!"

"응. 하루하루를 기분 좋게 보낼 수 있도록 말이지?"

3

"언덕을 두 번 지난다. 그리고 세 번째 샛길로 들어가서, 였던가."

나는 게시판에 그려져 있던 지도를 떠올리며 걸었다.

이쪽 세계에는 유난히 언덕길이 많다. 계단은 펄쩍 뛰어오르면 그만인데, 완만한 경사가 길게 이어지는 언덕길은 고양이에게도 쉽지 않다.

'미치루가 타던 전기자전거가 있으면 일도 아닐 텐데.'

나처럼 어디로든 외출하길 좋아하는 고양이는 별로 없다고 한다.

미치루는 검은색 전용 가방에 나를 넣고 가방째 자전거 앞 바구니에 태워서 달리곤 했는데, 그럴 때면 정면으로 바람이 불어왔다. 봄에는 달콤한 꽃내음이 났고, 여름에는 후끈한 풀숲의 열기가 느껴졌다. 가을에는 빨갛고 노랗게 물든 낙엽이 날아들 때도 있었는데 그건 또 얼마나 예뻤던지. 한 번이라도 겪어본다면 어떤 고양이든 외출에 중독될 게 분명하다.

겨울엔 어떡하냐고? 추운 날씨에 뭐 하러 굳이 외출하겠는가. 겨울에는 그저 난로 앞에서 웅크리고 있는 게 최고다. 그 정도는 상식이다.

그런 생각을 하고 있어서인지 그리운 냄새가 콧구멍을 간지럽혔다. 미치루와 자전거를 타면서 맡았던 강가 냄새다. 그때를 떠올리자 눈물이 핑 돌아 눈앞의 풍경이 흐릿해졌다. 나는 황급히 앞발로 얼굴을 문질렀다.

"저 근처에 강이 있나?"

멈춰 서서 주변을 두리번거리던 나는 고개를 갸우뚱했다.

"이상하네. 길을 잘못 들었나?"

두 개의 샛길을 지났는데 세 번째 샛길이 보이지 않는다. 이어지는 길은 다시 오르막길이다. 하지만 지도에는 분명히 세 번째 길이 그려져 있었…… 지? 사실 기억력에는 조금 자신이 없다.

나는 두 번째 샛길로 돌아가 주변을 탐색했다. 이럴 때 고양이의 수염은 굉장히 도움이 된다. 위치를 정확하게 측정하고 미세한 기척도 알아챌 수 있으니까.

그때였다.

오른쪽 뺨의 긴 수염이 움찔하며 움직였다.

"어라? 여기야?"

못 보고 지나친 게 당연했다. 두 번째 샛길 모퉁이 끝에 고양이 한 마리가 겨우 지나갈 만한 좁은 골목이 있었다.

날씬한 나는 그곳을 어렵지 않게 빠져나왔다.

"간식을 많이 안 먹길 잘했네."

속으로 안도했다.

늘 최애 간식인 츄르를 더 달라고 조르는 나에게 미치루는 "살쪄서 안 돼!"라고 했었다. 그때는 심통이 났었는데, 덕분에 이런 몸매를 유지할 수 있었던 것이다. 미치루에게 새삼 고마운 마음이 들었다.

좁은 골목을 벗어나자 갑자기 널찍한 마당이 나타났다.

"여긴 뭐지?"

동네 고양이들과 자주 모여서 회의하곤 했던 공원을 그리운 마음으로 떠올렸다. 미끄럼틀 하나와 그네 두 개, 그리고 아이들 셋만 모여도 꽉 찰 만큼 작은 모래밭. 놀이기구 사이에 벚나무들이 있었고, 봄이 되면 폭신폭신한 솜사탕 같은 꽃이 일제히 피었다. 입구 근처에 있는 벚나무 아래가 우리의 회의실이었다. 나이가 들면서부터는 회의에 참석하지 않았지만, 분명 지금도 정기 회의가 이어지고 있을 것이다.

딱 그 공원만 한 크기의 광장 한쪽에 새하얀 집이 덩그러니 자리하고 있었다. 광장 끝은 경사가 급한 내리막길이었고 발밑으로 수많은 집과 차들이 내려다보였다.

'여기는 어느 쪽 세계지? 이쪽? 아니면 저쪽?'

나는 어질한 느낌에 눈을 깜빡였다.

'이쪽'은 내가 지금 있는 세계. 이른바 '저승'이다. 하지만 이쪽 세계에서 보면 저쪽이 오히려 '임시로 머무는 세계'다. 그렇게 깨달은 것은 이쪽 세계에 온 이후였다.

4

그 하얀 집은 직육면체에 삼각 지붕이 얹힌 형태였고 문이 있는 정면에는 격자창이 하나 있었다. 마치 그림책에 나오는 집처럼.

가까이 다가가 보니 집 앞에는 문패 같은 입간판이 설치되어 있었다. 땅에서 솟은 듯한 통나무에 가로로 긴 널빤지를 못으로 고정했다. 하얀색으로 칠해진 널빤지 중앙에는 연회색 페인트로 'café pont(카페 퐁)'이라고 쓰여 있었다.

"이곳이 틀림없군."

나의 기억력과 예리한 직감은 감탄할 만하지만, 이다음에 어떻게 할지가 문제였다.

출입문은 손잡이를 돌려서 여는 구조의 육중한 문이었다. 미닫이문이라면 적당한 곳을 밀면 되지만 이런 문은 고양이에게 골칫거리다. 어떻게든 뛰어올라 손잡이에 매달린다고 해도 문을 앞으로 당길 수는 없다.

나는 양쪽 귀를 쫑긋 세우고 안쪽의 상황을 살폈다. 청력 하나는 자신 있다. 고양이의 청력은 인간보다 몇 배나 뛰어나다고 하지 않는가.

하지만 카페 안에서는 이따금 식기가 부딪치는 딸그락 소리만 이어질 뿐 인간의 말소리는 들리지 않았다. 미루어 짐작건대 인간 한 명이 있는 듯했다. 주위를 둘러봐도 아무도 보이지 않았다. 누군가 출입하기를 기대하며 마냥 기다리는 건 무모해 보였다.

'어쩔 수 없군. 일단 울음소리를 내볼까.'

"냐앙."

처음에는 작은 소리로 한 번, 그리고 조금 크게 한 번 더. 이번에는 있는 힘껏 입을 벌려 크게 외쳐보았다.

"냐아옹."

안에서 달칵하는 소리가 들리는가 싶더니 끼익 소리를 내며 문이 열렸다. 이어서 하얀 원피스 차림의 여자가 얼굴을 내밀었다.

미치루보다는 나이가 많고 미치루 엄마보다는 어려 보였다. 삼사십 대 정도일까. 그녀는 하나로 묶은 긴 머리카락을 강아지 꼬리처럼 흔들면서 주위를 둘러보다가, 시선을 아래로 향한 후에야 겨우 나를 발견했다.

"어머."

그녀는 나와 눈이 마주치자 싱긋 웃어 보였다.

고양이는 인간의 말을 이해할 수 있다. 하지만 고양이의 말을 이해하는 인간은 드물다. 그래도 혹시나 하는 마음에 "아르바이트 모집 공고를 보고 왔어"라고 말해보았다.

그런데 그녀는 내 말을 바로 알아듣고는 "신입이구나. 들어와" 하며 안으로 들여보내 주었다.

대체 이 인간은 정체가 뭘까. 나는 미심쩍은 눈으로 여자를 관찰했다.

"뭐야. 내가 무슨 도깨비라도 된다고 생각하는 거야? 도깨비도 아니고 귀신도 아니거든. 진짜 살아 있는 인간이야. 이거 봐."

여자는 원피스 끝자락을 걷어 올리며 발을 살짝 내밀었다.

"어때? 발도 제대로 붙어 있지?"

"그럼 어떻게 된 건데?"

"어떻게 네 말을 알아들었냐고? 나는 이곳에서 저쪽 세계와 이쪽 세계를 중개해 주고 있거든. 함께 일할 고양이들과 말이 안 통하면 일을 할 수 없잖아."

여자는 어깨를 으쓱해 보였다.

"그러면 이 카페는 어느 쪽 세계에 존재하는 건데?"

"이쪽인지 저쪽인지 묻는 거지? 저쪽에서 보면 저쪽이고…… 아, 복잡해."

여자는 묶은 머리카락을 움켜쥐면서 얼굴을 찡그렸다.

"일단 기본적으로는 이쪽. 그러니까 현세라고 하면 이해하기 쉬우려나. 손님도 이쪽 세계 사람들이고."

그러니까 내가 얼마 전까지 있었던 세계라는 뜻이다. 그래도 역시 헷갈린다.

"저기, 제안할 게 하나 있는데."

나는 멋진 아이디어가 떠올라 꼬리와 수염을 앞쪽으로 힘차게 뻗었다.

"뭔데?"

"이쪽 세계니 저쪽 세계니 하면 헷갈리니까 호칭을 만드는 게 어때? 예를 들면 첫 번째와 두 번째, 아니면 초급과 상급 같은 걸로."

나는 저쪽 세계에서 천수를 다하고 이쪽 세계로 왔다.

그래서 단계 상승의 의미를 부여해 본 것인데 나름 만족스러웠다.

"흐음."

하지만 여자는 쉽게 받아주지 않는다. 그녀는 잠시 더 생각하더니 다른 의견을 냈다.

"이런 건 어떨까? 저쪽은 블루, 그러니까 파란 세계라고 하고 이쪽은 그린, 초록 세계라고 하는 거야."

블루는 하늘과 바다의 색이고 그린은 대지와 숲의 색이다. 반짝이는 계절의 색이다.

"좋은 것 같아."

나는 힘차게 고개를 끄덕이며 동의했다.

"나는 이 카페의 주인인 니지코. 이쪽 세계······ 그러니까, 초록 세계 사람들이 이곳에 와서 소원을 말하면 파란 세계의 고양이를 시켜서 그 소원을 이뤄주도록 하는데, 그 중개 역이 내 역할이라고 할 수 있지."

오키야(置屋)에서 게이샤를 관리하는 여주인이나 지배인 같은 것이라고 예를 들어주었지만, 그다지 이해가 되지는 않았다. 어쨌든 우리 아르바이트생들은 니지코라는 사람의 지시에 따라야 한다는 사실만은 확실하게 파악했다.

"나는 후타. 잘 부탁해."

처음이니까 일단 공손하게 인사는 하지만, 그래도 이것만은 확인해야 한다.

"일을 다섯 번 완수하면 정말 성공보수를 주는 거지?"

나는 아르바이트 모집 공고에 적혀 있던 보수를 보고 이 일을 하겠다고 결심한 것이다.

"물론이야. 다섯 번의 임무에 성공하면 정식 규정인 7개월이 되기 전에 초록 세계에 가서 만나고 싶은 사람을 만나도 돼. 넉 달 만에 성공한 고양이도 있으니까 후타도 열심히 해봐."

굳이 니지코 씨가 독려할 필요도 없었다.

"맡겨만 줘."

"하지만 늦장 부리다가 다섯 번의 임무를 끝내기 전에 7개월이 지나버린 고양이도 있어."

니지코 씨가 주의를 주었다. 하지만 그럴 거면 뭐 하러 이 일을 선택했겠는가. 왠지 모르게 흥분한 나는 벽 쪽에 있는 높은 책장 위로 펄쩍 뛰어올랐다.

"빨리빨리 임무를 줘."

"일은 확실하게 해야 해. 대충대충 하면 한 번으로 안 쳐줄 거야."

니지코 씨가 책장 꼭대기에서 발을 가지런히 모으고 앉

아 있는 나를 슬쩍 쳐다보았다. 표정이 꽤 엄격해 보였다.

"거기에서 들어도 돼."

니지코 씨는 그렇게 말한 후 임무 내용을 설명하기 시작했다.

책장 위에서는 카페의 전체 모습이 잘 보였다.

손님용 테이블 세 개가 있고, 각각의 테이블에는 패브릭 의자가 두 개씩 놓여 있었다. 올이 굵은 천 소재라 발톱을 갈기에 안성맞춤이다.

카페 공간은 비교적 넉넉해서, 미치루네 집으로 따지면 텔레비전이 있던 거실과 식당 겸 주방을 일렬로 이어놓은 듯한 크기였다.

책장 맞은편에는 벽난로가 있는데 그 위에 벽돌로 만들어진 장식선반이 동화 속에 들어온 듯한 분위기를 자아냈다. 선반 위에는 이국적인 느낌의 장식품이 놓여 있었다.

주방은 미치루의 집보다 훨씬 좁았다. 1구 가스레인지와 싱크대뿐이었고, 바퀴 달린 주방용 트롤리가 수납장과 조리대를 겸하는 듯했다. 냉장고도 작아서 문이 두 개밖에 없었고 높이가 니지코 씨의 허리까지밖에 오지 않을 만큼 낮았다. 미치루의 집에 있던 냉장고는 문이 여러 개였고 거의 천장에 닿을 듯이 높았다(물론 나는 높은 냉장고 위도 여유 있게 올라갔지만).

'카페라고는 해도 제대로 된 음식은 못 만들겠는데.'

그렇게 생각한 이유는 미치루네 엄마 아빠의 요리 실력이 수준급이었기 때문이다. 미치루의 엄마는 냉장고만 열었다 하면 어느새 몇 가지나 되는 반찬을 솜씨 좋게 만들어 냈고, 아빠는 휴일이면 오후부터 주방에 들어가 리예트*니 콩피**니 하는 근사한 외국 요리를 만들곤 했다. 그런 날이면 아빠와 엄마는 와인을 땄다. 물론 미치루는 탄산음료, 나는 물이었지만 말이다. 그렇게 보내는 시간은 너무나 평온하고 즐거웠다.

"저기, 듣고 있어?"

난로의 불꽃을 바라보며 생각에 빠져 있던 나는 니지코 씨의 목소리에 현실로 돌아왔다. 와인을 떠올려서인지 나도 모르게 꾸벅꾸벅 졸고 있었던 모양이다.

"자, 이게 그 우편함이야."

주방과 객석 사이 칸막이 역할을 하는 수납장 위에 상자

---

* rillettes, 고기를 잘게 잘라 지방과 함께 흐물흐물해질 때까지 삶은 스프레드 잼.
** confit, 고기나 과일을 기름이나 설탕 등에 절여 만든 보존식.

하나가 놓여 있었다. 니지코 씨가 그 상자를 들어 올리며 한 말이었다.

초록 세계로 치면 초여름의 계절일까. 여하튼 1년 내내 따뜻한 곳은 행복한 장소라는 사실을 우리 고양이들은 알고 있다. 게다가 인간은 느끼지 못하겠지만 한여름에도 밤에는 서늘하다. 집고양이가 주인 무릎에 올라가거나 품속으로 기어드는 이유는 온기를 얻기 위함이다.

난로로 따뜻해진 공기가 책장 위로 올라와 기분이 좋았다. 계속 안락한 행복에 빠져 있고 싶었지만, 이대로는 수마와의 싸움에 질 듯하다. 나는 바닥으로 뛰어내렸다.

니지코 씨의 설명에 따르면, 고양이 배달부는 이런 일을 한다고 한다.

이 카페는 '만나고 싶은 사람'을 만나게 해주는 곳이다. 방식은 간단하다. 손님이 '만나고 싶은 사람'의 이름을 엽서에 적어서 카페 우편함에 넣는다. 점주인 니지코 씨가 그 엽서 중에서 하나를 선택하면, 고양이 배달부라고 불리는 우리 아르바이트생이 나설 차례다. 다양한 방법으로 손님이 '만나고 싶은 사람'을 찾아내서 만나게 해주는 것까지가 고양이 배달부의 임무다.

"하지만 실제로 당사자를 데려가는 건 아니야. 또 만약 만나고 싶은 사람이 죽은 사람, 그러니까 파란 세계의 사람이라면 환생을 시켜야 하는데 그건 우리 영역이 아니거든."

파란 세계에도 이런 일을 담당하는 곳이 있는 모양이었다. 직업의 세계는 참 다양하다고 감탄하면서도, 한편으로는 의아한 생각이 들었다. 나는 혀를 내밀어 입 주위를 핥은 후 물었다.

"그러면 어떻게 만나게 해주는 건데?"

입을 반쯤 벌리면 앞턱에 있는 엄니 같은 송곳니가 드러난다. 살짝 위협만 하는 내 나름의 방식이다. 그런데 내가 그런 행동을 보이는데도 니지코 씨는 무서워하기는커녕 어이가 없다는 표정을 지었다.

"의뢰인이 만나고 싶어 하는 사람을 찾아내서 의뢰인에게 전할 말을 알아낸 후, 그 혼만 데려오는 거지."

그리고 다른 사람에게 그 혼을 빙의시켜서 전하고 싶은 말을 하게 만든다고 한다.

"그러니까 그게, 어디였더라……오소레잔산이라고 했나."

희미한 기억을 더듬었다. 미치루가 중학생 때였던가, 학교에서 화제가 되었다며 엄마에게 이야기한 적이 있었다.

죽은 사람의 혼을 불러와서 그 사람의 말을 전해주는 사람이 있다고.

"이타코 말이니?"

니지코 씨가 미간을 찡그렸다.

"맞아, 그거. 그거랑 똑같은 거 아니야?"

나는 이타코가 동물이나 물고기 이름인 줄 알았지만, 사실은 도호쿠 지방의 오소레잔산이라는 곳에서 죽은 사람의 말을 전해주는 일을 하는 무녀들을 가리키는 말이었다.

"이타코랑 고양이 배달부는 전혀 달라. 고양이 배달부는 실제로 그 대상을 만나고 오는 거니까. 땀을 흘리고 시간을 써가며 공들여서 양쪽을 이어주는 거야."

애초에 이타코가 어떤 식으로 죽은 자와 교류하는지는 모르겠지만, 하며 니지코 씨가 어깨를 으쓱하고 윙크했다. 눈가가 반짝하고 빛나는 모습에 넋을 잃고 있으니 엣취, 하고 요란하게 재채기가 나와버렸다.

"무엇보다 직접 해보는 게 제일이지. 하다 보면 알게 될 거야."

맞는 말씀이다. 일어나지도 않은 일을 걱정하며 안달복달해 봐야 소용없다. 인간은 가끔가다 그럴 때가 있어서 안타깝다. 그때그때 상황에 맞춰서 유연하게 대처하며 살아가는 우리 고양이들을 보고 배웠으면 하는 바다.

　이해했다는 의미로, 등을 말면서 앞발과 뒷발을 힘껏 뻗어 보였다. 그러자 니지코 씨는 팔랑거리는 작은 종이 한 장을 내밀었다.

　"이게 근무표야. 네 이름도 있어."

　이곳에 소속된 고양이 배달부의 이름이 줄줄이 적혀 있지만, 실제로 일을 하는 고양이는 몇 안 되는 듯했다. 이름 옆에는 발바닥 모양의 도장이 군데군데 찍혀 있었다.

　"임무 하나를 무사히 끝내면 발바닥 도장 하나."

　그렇게 말하면서 니지코 씨는 수납장 옆에 달려 있던 클립보드에 근무표를 끼워 넣었다.

　이 도장이 다섯 개가 되면 보수를 받게 된다는 거지? 내 얼굴 언저리에서 흔들리고 있는 근무표를 흘깃 보자 갑자기 의욕이 솟았다. 우다다 하고 가게 안을 뛰어다니고 싶어졌지만 깨지기 쉬운 물건이 많아서 나중에 귀찮은 일이 생길까 봐 가만히 참았다.

　"그러면 앞으로 고양이 배달부 일 잘 부탁해."

　면접에 왔을 뿐인데 니지코 씨가 간식을 내주었다. 기다란 포장에 담긴 액상형 간식, 바로 내가 사랑해 마지않는 츄르다.

"정말 좋은 사람이구나."

내게는 의외로 쉬운 구석도 있다.

가게를 나오자 보름달이 빛나고 있었다. 이쪽 세계로 온
이후로 달이 무척이나 아름답게 보였다. 미치루가 보고 있
는 달도 같았으면 좋겠다고 생각하면서 왔던 길을 되돌아
갔다. 몸이 간신히 빠져나가는 좁은 골목길로 향했다.

5

고양이 배달부의 임무에 근무시간이나 출근 요일은 정
해져 있지 않다. 마음이 내킬 때 카페 퐁으로 가면 된다.

단, 카페의 영업시간인 오전 10시부터 오후 5시까지는
가게 안으로 들어갈 수 없다. 고양이가 카페 안을 어슬렁
거리면 손님이 놀라기 때문이다.

"여기는 고양이 카페가 아니니까."

니지코 씨가 단호하게 말했었다.

나는 원래 야행성이라서(사실 고양이들 대부분이 그렇겠지만)
기본적으로 초저녁까지는 잠을 잔다. 오늘도 저녁 무렵에

야 겨우 순찰 갈 겸 외출을 할 마음이 들었다.

카페 퐁에 도착하자 니지코 씨가 영업 종료 팻말을 간판에 걸고 있었다.

"안녕."

"어머, 후타 왔구나. 일찍 와줬네."

"그냥 뭐. 빨리 익숙해지고 싶어서."

그렇게 신입다운 말을 해봤지만, 이쪽 세계에서는 놀아주는 사람이 없다 보니 외출하지 않으면 몸이 둔해진다. 언덕길을 오르내리는 것이 제법 좋은 운동이 된다는 것이 속마음이다.

"마침 우편함을 열려던 참이야. 같이 볼래?"

수납장에 놓인 우편함 뒤로 돌아가서 열쇠 구멍에 구식 열쇠를 꽂자 딸깍하고 자물쇠가 풀리며 뚜껑이 열렸다.

우편함을 들여다보니 스무 통가량의 엽서가 들어 있었다. 앞면에는 엽서를 쓴 사람의 이름이, 뒷면에는 만나고 싶은 사람의 이름이 적혀 있다. 그중에는 편지처럼 장황하게 추억을 적은 것도 있고 그림을 그려 넣거나 스티커를 붙여 화려하게 장식한 것도 있었다.

니지코 씨가 엽서의 앞뒤를 보면서 능숙하게 분류했다.

"예컨대 이런 건 제외야."

니지코 씨가 보여준 엽서의 뒷면에는 나도 익히 아는 5인
조 댄스 그룹의 멤버 이름이 적혀 있었다.

"왜 제외야?"

인기 연예인이다. 만나고 싶은 게 당연하다.

"유명인은 번거롭거든. 초상권 문제도 있고 기획사와의
연락도 그렇고."

물론 이곳의 중개로 만났다는 사실은 발설하지 않는 게
기본이지만, 어디선가 비밀이 새어 나가면 나중에 성가신
일이 생긴다.

"그리고 이런 것도 안 돼."

사진으로 착각할 만큼 정교한 그림과 함께 전국시대에
활약했던 무장의 이름이 적혀 있다.

"이런 인물의 말 한마디에 자칫하면 역사가 바뀔 수도
있어."

충분히 수긍이 갔다.

그렇게 설명해 가면서 엽서를 넘기던 니지코 씨의 손이
잠시 멈추었다. 니지코 씨는 필적을 유심히 살피더니 내게
엽서 한 장을 내밀었다.

"이거 해볼래?"

볼펜으로 쓴 필체는 차분하고 선도 가벼웠다. 엽서 한가

운데에는 적당한 크기의 글씨로 이렇게 쓰여 있었다.

돌아가신 아버지를 만나고 싶다.

엽서 앞면을 보니 '미나미 유즈'라는 의뢰인의 이름이
적혀 있다.

"오!"

첫 임무 의뢰에 의욕이 솟았던 것도 잠시, 이 정보만으
로 어떻게 당사자를 특정할 수 있을지 걱정이 되었다. 내
가 수염을 실룩거리고 있자, 니지코 씨가 도움의 손길을
보냈다.

"오늘 정오가 조금 지났을 때였나? 그래, 마흔 살 전후의
여자와 띠동갑 정도로 보이는 젊은 여자가 같이 왔어."

니지코 씨는 눈을 감고 그때의 상황을 이야기하기 시작
했다.

"미나미 씨, 우선 책 출간을 축하드려요. 이제 서점에 진
열되기를 기다리기만 하면 되겠네요."

"이소베 씨의 도움 덕분이에요. 제 그림이 상을 받고 책
으로 만들어지다니 지금도 꿈만 같아요."

자수가 들어간 얇은 블라우스 차림의 여자가 미나미 씨. 이소베라고 불린 젊은 여자는 단정한 회색 정장 차림. 비즈니스 관계로 보기에는 분위기가 조금 다르다고 생각했는데, 대화를 들어보니 금방 이해가 되었다. 이소베 씨는 미나미 씨의 담당 편집자였다.

미나미 씨는 두유 밀크티, 이소베 씨는 뜨거운 커피를 주문했다.

니지코 씨가 갑자기 우리 집 밀크티는 두유와 홍차 잎을 작은 냄비에 함께 넣고 끓여서 우리기 때문에 감칠맛이 있다는 자랑을 덧붙이더니 다시 이야기를 이어갔다.

"원화전 준비는 잘되고 있어요?"

"액자 작업은 끝났어요. 하지만 전시회 간판도 만들어야 하고 프로필도 인쇄해야 하고. 자잘한 작업이 꽤 많네요."

"이제 일주일밖에 안 남았으니까요. 작품 반입하는 날에는 저도 도우러 갈게요."

"그래주시면 정말 고맙죠."

"전시회장은 전철역에서 가깝죠?"

이소베 씨의 질문에 미나미 씨가 "이스즈역이요" 하고

알려주었다.

"개찰구를 나오면 곧바로 상점가가 이어지는데요, 그 상점가 중간쯤에 있는 화과자 가게 건물 2층이 갤러리입니다. 역에서 도보로 2~3분. 바로예요."

"그러면 짐이 좀 있어도 괜찮겠네요. 필요한 게 있으면 말씀해 주세요."

두 사람은 그렇게 약 한 시간 정도 머물다 갔다고 한다.

"그리고 미나미 씨가 우편함에 넣은 엽서가 이거."

니지코 씨는 내 앞에 있던 엽서를 손가락으로 툭 쳤다.

수납장 한쪽에 놓인 낡은 목제 우편함(이라고 해봐야 네모난 상자에 구멍 하나가 있을 뿐이지만) 옆, 마찬가지로 오래돼서 누레진 종이 위에는 마커로 '설문조사―당신이 만나고 싶은 사람은 누구입니까?'라고 적혀 있다.

도저히 알아보기 힘든 악필이다. 이런 걸 보통 '지렁이가 기어간다'라고도 하지만, 진짜 지렁이는 이렇지 않다. 좀 더 통통하고 구불구불하고⋯⋯. 그런 생각을 하며 무심코 앞발을 쭉 내밀었다가 그곳에 있던 꽃병을 건드리고 말았다.

다행히 꽃병이 쓰러지지는 않아서 대형 사고는 피했다.

주변이 물바다가 되고 내 몸까지 젖는 상상을 하자 소름이
돋았다. 물방울이 튄 것도 아닌데 왠지 옆구리가 신경 쓰
여서 얼굴을 배 가까이에 대고 열심히 핥은 후에야 간신히
정신을 차렸다.

"대충 이해했어?"

"그러니까, 의뢰인인 미나미 씨는 그림을 그리는 사람이
고, 곧 개인전을 한다는 말이지."

내 뛰어난 통찰력에 박수를 보내고 싶어졌다.

"뭐 그런 거지."

하지만 니지코 씨는 놀라지도 않는다. 나는 몰아붙이듯
말을 이었다.

"그리고 돌아가신 아버지에게 자신의 개인전을 보여주
고 싶은 거겠지."

나도 모르게 꼬리가 꼿꼿하게 서버렸다.

"그렇다고 직접 말했어."

아니, 그럼 그렇다고 미리 말해주면 좋잖아.

내가 송곳니를 살짝 드러내며 항의하자, 니지코 씨는 두
사람이 카페를 나설 때의 상황을 설명해 주었다.

"오늘은 회의였으니까 경비로 처리하면 돼요."

카운터 앞에서 이소베 씨가 전부 계산을 했고, 미나미 씨는 가볍게 묵례했다.

미나미 씨가 계산대 옆의 우편함을 발견한 것은 그때였다.

"이 상자는 뭔가요?"

"상자가 아니고 우편함이에요."

니지코 씨는 그렇게 정정하고는 말을 이었다.

"손님께서 만나고 싶은 사람의 이름을 적어서 여기에 넣어두면, 어쩌면 만날 수 있을지도 모릅니다."

그러자 두 손님은 얼굴을 마주 보았다.

"하지만 만나게 된다고 해도 상대방이 전혀 다른 모습으로 나타날 수도 있고, 혹시 그 사람임을 눈치챘어도 이름을 말하거나 확인해서는 안 됩니다. 그 부분에 동의하시겠어요?"

"아니, 잠깐만."

나는 황급히 니지코 씨의 말을 막았다.

"다른 모습으로 나타나는 건 그렇다 쳐도, 이름도 말하지 않으면 그 사람이라는 걸 어떻게 알아? 미리 알려주는 건가?"

그렇게 물어보았지만 니지코 씨는 고개를 저었다.

"그런 건 안 해. 하지만 본인은 분명히 알 수 있어. 대상자로부터 입수한 정보 중에서 서로임을 알 수 있게 해주는 적당한 말을 골라 전달하니까. 모른다면 전달해 준 말이 적당하지 않았거나 본인이 둔감하거나 둘 중 하나야. 만나게 해줄 필요도 없었다는 뜻이지."

니지코 씨는 코웃음을 쳤다.

"말을 고른다고? 그건 니지코 씨가 해주는 거지?"

그렇게 안도한 것도 잠시, 니지코 씨는 검지를 세워 얼굴 앞에서 좌우로 흔들었다.

"그건 고양이 배달부, 너희들의 임무야. 대상자를 실제로 만나고 오는 건 너희들이니까. 최선의 말을 골라서 데려올 수 있는 건 직접 만난 당사자뿐 아니겠어?"

'아니겠어?'라는 물음에 대답할 말이 없었다.

"그렇다는 건……."

나는 당황스러운 마음을 억누르고 간신히 말을 이어갔다.

"의뢰인이 대상자를 만났다고 생각하는지 아닌지는 고양이 배달부의 책임이라는 건가?"

뜻밖의 중책에 두려워진 내게 니지코 씨는 생긋 웃으며

고개를 끄덕이고는 이야기를 이어갔다.

　두 여자에게 그러한 주의 사항을 설명하자, 이소베 씨가
눈을 반짝였다.

　"이왕 왔으니까 쓰고 가요."

　이소베 씨의 권유에 미나미 씨도 크게 고개를 끄덕였고,
두 사람은 각자의 엽서를 들고 서둘러 자리로 돌아갔다.

　"하지만 막상 쓰려니까 고민되네요."

　먼저 쓰자고 했던 이소베 씨는 한참을 머뭇거렸지만, 미
나미 씨는 이미 마음속에 정한 사람이 있었는지 곧바로 펜
을 놀리기 시작했다. 엽서를 다 적은 두 사람은 서로의 엽
서를 바꿔 보았다.

　"어머, 멋지다!"

　미나미 씨의 엽서를 본 이소베 씨가 미소를 지으며 말
했다.

　"아버님께 개인전을 보여드릴 수 있다면 좋겠네요."

　그 말에 미나미 씨도 기쁜 듯 미소를 지었다.

　"참고로 이건 편집자인 이소베 씨 엽서야."

　또박또박한 글씨로 '이소베'라고 적힌 엽서를 뒤집어 보
니, '미래의 내 남편'. 내가 다 부끄러워졌다.

"이런 의뢰도 받아주는 거야?"

내가 물었다.

"그럴 리가 있겠어? 자기 결혼 상대 정도는 스스로 찾으라고 해."

니지코 씨의 말투는 쌀쌀맞았다.

"우리 카페는 바빠. 고양이 배달부를 많이 고용한 것도 아니고. 그러니까 좀 더 절박한 사람, 만나고 싶어도 만날 수 없는 사람의 소망을 들어주고 싶어."

그런 의미에서 보면 이번 의뢰는 딱 들어맞았다.

"덮어놓고 들어주는 게 아니야."

니지코 씨는 거듭 강조했다. 그리고 목소리에 힘을 주어 말했다.

"이 일은 상상력이 중요해. 상상력을 발휘해야 해."

6

나는 다음 날부터 곧장 임무에 착수했다.

일찍 일어나는 건 자신 없지만, 인간이 활동하는 시간에 맞추지 않으면 일을 할 수 없다. 생각은 그랬는데, 결국 저녁이 될 때까지 세상모르고 자버리고 말았다.

"큰일 났다!"

튕겨 오르듯 벌떡 일어났지만, 어설프게 서두를수록 될 일도 안 되는 법이다. 충분히 시간을 들여서 스트레칭하고 털을 정리했더니 이미 해가 지려 하고 있었다. 아무리 느긋한 나라도 맹렬하게 뛰쳐나가지 않을 수 없었다.

세 번째 좁은 샛길로 들어가 카페 퐁 앞을 지나쳤다. 니지코 씨에게 인사하고 갈까 했지만 이제야 일을 시작했다는 걸 알면 잔소리나 들을 게 뻔했고, 그랬다가는 이후 업무에 지장을 줄 뿐이다. 사실 그보다는 기분 좋은 하루를 보낼 수 없게 되는 최악의 상황을 피하고 싶었다.

나는 발소리를 죽이며 살금살금 카페 퐁 앞을 지나갔다.

이 아래로 내려가면 초록 세계의 입구에 다다른다.

그냥 언덕길인 줄 알았는데 걷다 보니 긴 다리가 나왔다. 문 앞에는 고양이 한 마리가 있었다. 갈색과 검은색이 불규칙하게 섞여서 카오스 고양이라고도 불리는 수컷 얼룩 고양이다. 언뜻 근엄한 것처럼 보이지만, 이 녀석도 아마 아르바이트생일 것이다.

"통행증."

말투도 무뚝뚝했다. 당연히 있지. 날 뭘로 보고. 나는 니지코 씨가 어제 건네준 종이를 보여주었다. 목적지가 적혀 있고, 그 옆에는 니지코 씨의 특제 고양이 도장도 찍혀 있다.

"흐음."

카오스 고양이는 진지한 표정으로 한참 동안 통행증을 확인했다. 그러고는 의심스럽다는 듯 얼굴을 가까이 들이대며 물었다.

"너, 고양이 배달부야?"

"그게 뭐 어떻다는 건데? 기념할 만한 내 첫 임무라고!"

단지 자랑하고 싶었을 뿐인데도, 같은 수컷 고양이 앞에서는 어쩔 수 없이 시비조가 된다.

"이스즈역 앞 맞지? 통과."

하지만 카오스 고양이는 의외로 순순히 통과시켜 주었다.

문득 정신을 차리고 보니 지붕에 '이스즈역'이라고 크게 적힌 간판이 달린 역사 앞에 와 있었다. 이곳에 어떻게 오게 되는 건지는 잘 모르겠지만, 초록 세계와 파란 세계를 오가게 하는 담당자가 따로 있는 듯했다.

모처럼 초록 세계에 왔으니 미치루를 만날 수 있지 않

을까 하는 기대도 해봤지만, 아무래도 복잡한 시스템 탓에 그건 불가능할 것 같았다.

"무사히 다섯 건만 완수하면 정정당당하게 만나러 갈 수 있으니까."

나는 스스로를 그렇게 북돋웠다.

먼저 의뢰인 조사부터 시작해야 한다. 이스즈역을 선택한 데에 별다른 이유는 없었다. 가볼 만한 곳이 여기밖에 없을 뿐이다. 미나미 씨는 다음 주부터 이스즈역 부근에 있는 갤러리에서 개인전을 열 것이며, 그 사전 준비로 지금 분주하다. 알고 있는 정보는 그뿐이었다.

"뭐가 있어야 상상을 하지."

상상력을 발휘해야 한다는 니지코 씨의 말을 떠올리고는 고개를 절레절레 흔들며 상점가를 걸어갔다. 길 구석에서 느긋하게 몸을 말고 있는 고양이가 보였지만 나와는 속해 있는 세계가 다르다. 녀석도 내 얼굴을 힐끗 보았지만, 반응이 없다. 원래 이런 건가 보다.

빵집, 채소가게, 약국……. 어디에나 있을 법한 상점가다. 퇴근하는 사람들이 귀가를 서두르고 있었다. 좋은 냄새를 쫓아가 보니 싱싱한 생선이 진열된 생선 가게가 나왔다. 아르바이트비를 받으려면 아직 한참 멀었고, 군것질할

여윳돈도 없었다. 나는 포기하고 발길을 재촉했다.

상점가에는 수많은 유혹이 도사리고 있었다. 상가 앞에 선 포스터가 바람에 팔랑거리기도 했고, 꽃다발을 포장한 셀로판지가 바스락 소리를 내기도 했다. 나는 갖가지 유혹을 뿌리쳐 가며 간신히 화과자 가게에 도착했다.

가게 앞쪽에 오하기*와 미타라시 당고**, 만주 등이 진열되어 있는 고풍스러운 점포였다. 유리로 된 출입문에는 '갤러리 안내'라는 벽보가 붙어 있고, 다음 주부터 개최되는 전시회도 안내되어 있었다.

"여기 같은데."

낡은 3층 건물. 이 건물의 2층이 전시회장이다. 화과자 가게의 내부 계단으로 출입하게 되어 있지만, 건물 옆 외부 계단을 이용하면 2층 뒷문으로 직접 올라갈 수 있다.

나는 외부 계단을 통해 2층으로 뛰어 올라갔다. 다행히 뒷문이 살짝 열려 있었다.

열린 문틈으로 내부를 엿보니 텅 빈 새하얀 공간만 펼쳐져 있을 뿐 벽과 바닥에는 아무것도 없었다.

* おはぎ, 팥소나 콩가루를 묻혀 만든 찹쌀떡.
** みたらし団子, 경단을 꼬치에 꽂아 살짝 구운 후 간장 소스를 뿌린 디저트.

"아무도 없나?"

살며시 실내로 들어가려는 순간 누군가가 외부 계단으로 올라오는 소리가 들렸다. 나는 재빨리 몸을 돌려 계단 참 구석에 숨어들었다.

양손에 묵직한 종이 가방을 든 작은 체구의 여자가 내 옆을 지나쳐 안으로 들어갔다. 그러자 아무도 없는 줄 알았던 실내에서 다른 여자의 목소리가 들려왔다. 화과자 가게의 내부 계단으로 들어온 듯했다.

내 귀는 상당히 멀리서 나는 소리까지도 정확하게 들을 수 있다. 내 자랑거리인 뾰족한 귀 덕분인 줄 알았지만, 이건 귀가 늘어진 고양이들도 마찬가지인 듯하다. 귀를 쫑긋 세우고 대화 소리에 집중했다.

"다음 주부터 신세를 지게 되었어요."

툭 하고 종이 가방을 바닥에 내려놓는 소리가 났다.

"미나미 씨, 기다렸어요."

외부 계단으로 올라온 여자가 의뢰인인 미나미 씨였다. 그녀를 맞아준 여자는 이 갤러리의 관계자인 듯했다.

"반입은 모레부터지만, 양해해 주신다고 해서 먼저 조금 가져왔습니다."

모레가 반입일. 그렇다면 카페 퐁에 함께 왔었던 편집자 이소베 씨도 도와주러 올 것이다.

"네, 그러세요. 이전 전시회가 월요일에 끝나서 조금이라도 미리 준비하시라고 연락드렸어요."

나는 조심스럽게 뒷문 틈새로 들어갔다. 반백의 머리를 정수리까지 올려 번헤어로 묶은 여자가 갤러리 관계자다. 미나미 씨는 그 여자에게 조심스러운 미소를 짓고 있었다. 개인전을 여는 화가라고 하길래 예술가 느낌이 풍기는 개성적인 인간을 상상했는데, 눈앞의 인간은 수수하기만 했다.

"감사합니다. 첫 개인전이라서 모르는 게 많겠지만, 폐가 되지 않도록 노력하겠습니다."

미나미 씨는 눈을 내리뜨고 말했다. 긴장한 탓이라고는 해도 좀 더 당당하면 좋을 텐데, 하는 쓸데없는 생각이 들만큼 미나미 씨의 태도는 조심스러웠다.

분위기를 보아 이제부터 전시에 관한 협의나 시설 준비를 할 듯했다. 나는 다시 계단참으로 돌아가서 잠시 기다리기로 했다.

조금 전의 미나미 씨 모습을 떠올려 보았다. 등을 구부리고 있어서 실제보다 더 키가 작아 보였다. 그런 자세를 '고양이 등'이라고 부른다는 건 알고 있지만, 고양이라고 해서 늘 그렇게 웅크리고 있는 것은 아니다. 누구에게 보여주기 위해서는 아니지만, 나는 누워서 앞발과 뒷발을 쭉 펴고 계단참의 좁고 긴 공간에 자리를 잡았다.

뒷문이 열리는 소리에 고개를 들었다. 틈새에 몸이 딱 끼자 기분이 좋아서 나도 모르게 깜박 졸고 말았다.

황급히 일어나 몸 전체를 흔들어 잠을 쫓은 후, 미나미 씨의 뒤를 따라 계단을 내려갔다. 미나미 씨는 상점가를 지나 전철 역에 도착했다. 전철을 탈 생각인 걸까.

조사를 위해서는 전철 탑승도 허가한다고 니지코 씨가 말했었다. 하지만 승객의 눈에 띄면 번거로워진다. 인간들이 사진을 찍거나 쓰다듬으면 귀찮은 데다가 아이들에게 둘러싸였다가는 도망갈 수도 없어서 난처한 상황에 처한다.

만약 전철에 고양이가 있다면 그건 틀림없이 고양이 배달부다. 부디 봐도 못 본 척 내버려두길 바란다.

처음 타는 전철에 두근거리는 가슴으로 미나미 씨 뒤를 쫓았다. 하지만 미나미 씨가 개찰구에 들어서려는 순간 휴대폰이 울렸다.

"유즈니?"

나는 귀를 쫑긋 세웠다. 통화 내용을 엿듣는 것쯤은 일도 아니다. 전화를 건 이는 고령의 여자였다.

"엄마, 왜?"

미나미 씨가 한숨 섞인 목소리로 대답하면서 개찰구에서 몸을 돌려 전철역을 빠져나오더니 선로를 따라 걷기 시작했다. 통화하면서 그대로 집까지 걸어갈 생각인 듯했다. 어머니와의 통화가 길어지는 것은 만국 공통일 것이다.

"아버지 기일 말인데."

길가의 화초에 정신이 팔려 있던 나는 통화 속 목소리에 수염이 팽팽해졌다. 아버지, 그러니까 미나미 씨가 만나고 싶어 하는 사람이다.

"응, 11월이잖아."

11월까지는 아직 다섯 달이나 남았다. 성급한 것도 어머니라는 존재의 습성이다.

"미리미리 준비해야지. 넌 전날에 와줄래? 오빠네 가족은 기나코 학교 때문에 당일에 올 것 같으니까."

"그때 일을 지금 어떻게 알아? 여하튼 일찍 갈 생각이야."

"그래."

안심했는지 어머니의 목소리가 느긋해진다.

"이번에는 친척도 부르지 않고 가족끼리만 할 생각이다.

법회 끝나고 호텔에서 점심 먹는 건 어떠니? 아까 알아보니까 스님용 도시락도 있나 보더라."

"괜찮을 거 같은데? 내가 예약할까?"

"아냐, 아냐. 그 호텔 지배인이 아버지 친구니까 엄마가 부탁해 둘게."

이야기가 일단락되자 미나미 씨는 결심한 듯 입을 열었다.

"엄마, 있지."

"왜? 뭔데?"

무언가 기대에 찬 듯 휴대폰 너머의 목소리가 들떠 있었다.

"나, 그림책을 출판하게 됐어. 상을 받았거든."

"어머, 그러니? 축하해."

말과는 달리 그리 기뻐하는 것 같지 않았다. 조금 전까지 들떠 있던 목소리도 어딘가 시들해졌다.

"혹시 좋은 사람이 생겼다는 소식이 아닐까 기대했는데. 엄마 예상이 틀렸네."

"그럴 일 없다니까."

미나미 씨의 말투가 날카로워졌다.

"유즈야, 포기하면 안 돼. 앞으로 남은 인생 길어. 엄마는 네 아빠랑 50년 가까이 함께 살아서 행복했단다. 일도 좋지만 그런 부분도 생각해야 해. 네 아빠도 저세상에서 분명 걱정하고 계실 거야."

그 목소리는 미나미 씨에게 거의 전달되지 않았을 것이다. 미나미 씨는 어느 순간부터 휴대폰을 귀에서 뗀 채 걷고 있었기 때문이다.

통화가 겨우 끝나자마자 미나미 씨는 휴대폰을 거칠게 가방에 던져 넣었다. 모친의 목소리를 내팽개치고 싶다는 듯 걸음도 빨라졌다.

그렇게 30분 정도 걸어서 3층짜리 맨션에 도착했다. 밖에서 지켜보고 있으니 1층의 오른쪽 두 번째 집에 불이 켜졌다. 그곳이 미나미 씨의 집이다. 산울타리 위로 뛰어오르자 커튼 너머로 실내가 보였다. 미나미 씨는 피곤했는지 외출복 차림 그대로 침대에 엎드려 있었다.

"오늘 조사는 여기까지인가."

슬슬 철수하려고 하는데, 미나미 씨가 기어가듯 침대 아래로 내려와 옷장 깊은 곳에서 봉투를 꺼냈다. A4 크기의 봉투는 조금 색이 바랬고 터질 듯이 두툼했다. 미나미 씨는 잠시 그 봉투를 응시하다가, 결국 아무것도 꺼내지 않고 다시 옷장에 넣었다.

7

"그렇군."

니지코 씨에게 조사한 내용을 보고하러 카페 퐁을 방문한 것은 다음 날이었다. 정보는 신선도가 중요해서 빨리 보고할수록 좋다는 것은 핑계고, 사실 시간이 지나면 소소한 부분을 잊어버릴 것만 같았기 때문이다.

"그래서 이번에는 아버지 쪽을 만나서 이야기를 듣고 싶은데, 거주지는 어떻게 알 수 있지?"

설거지를 하면서 내 이야기를 듣고 있던 니지코 씨가 고개를 들었다.

"아버지는 저쪽 세계, 즉 파란 세계에 계시잖아. 그러니까 이름으로 주소를 알 수 있겠지."

"이름?"

"그래. 파란 세계에서의 통칭."

니지코 씨의 말에 따르면, 사망하는 순간 파란 세계에서 사용할 이름을 얻는다고 한다. 말하자면 닉네임 같은 것인데, 거주지나 취미 등을 단박에 알 수 있는 데다 인성까지 파악할 수 있다고 한다. 하지만 나는 통칭은커녕 초록 세계에서의 원래 이름조차 모른다.

"조사해 보면 알 수 있어. 성은 미나미일 거고, 그다음 사망 연도와 몇 월인지만 알면."

니지코 씨는 그렇게 말하면서 수납장 위에 이 가게와는 어울리지 않는 노트북을 올렸다. 통행증은 직접 손으로 쓰면서 이런 부분은 디지털로 하는 모양이다. 주민 명부가 있어서 검색할 수 있다고 했다.

나는 어제 입수한 정보를 떠올렸다.

"그러고 보니 법회를 한다고 했는데. 11월에."

"법회? 그렇다면 3주기거나 7주기, 또는 13주기일 가능성이 있네."

"몇 주기인지는 말하지 않았어. 친척은 부르지 않고 가족끼리 호텔에서 식사한다고 구체적으로 말하기는 했지만."

"가족끼리만? 그러면 3주기일 가능성은 없겠네."

사망 다다음 해인 3주기는 장례식만큼은 아니어도 꽤 대규모로 진행한다. 그렇다면 7주기나 13주기 중 하나다. 물론 그 이상일 수도 있겠지만 대화했을 때의 분위기로 봐서는 그렇게까지 오래된 일은 아닌 듯했다.

"그러고 보니……."

모친이 남편과 50년 가까이 함께 지냈다는 말을 했었지. 미나미 씨의 나이를 생각하면 돌아가신 지 6년 정도 되었다고 보는 게 타당하지 않을까.

"좋아, 그러면 그걸 토대로 조사해 볼까."

니지코 씨는 능숙하게 컴퓨터를 조작하기 시작했다.

"찾았다! 이거 아닐까? 미나미 쇼이치. 향년 72세."

그렇게 말하면서도 혹시나 해서 2년 차와 12년 차의 11월도 검색해 보았다.

"미나미라는 성 중에 달리 엇비슷한 연령대는 보이지 않네."

흔한 성이 아니라서 다행이었다. 니지코 씨는 검색 결과로 나온 파란 세계에서의 통칭을 메모해 주었다.

"상당히 긴 이름이네."

"첫 세 글자는 주소를 나타내는 거야."

초록 세계에서의 실적이나 취미 등도 이 통칭을 보면 알수 있다고 한다. 기다란 이름에도 나름대로 의미가 있는 걸까. 나는 가볍게 골골거렸다. 목 안쪽이 진동하면서 가르랑가르랑 소리가 났다.

"알았어. 간식 줄게."

그런 의도는 아니었지만 주는 건 사양하지 않는 거라고 했다. 마른 멸치 세 마리를 먹고 카페 퐁을 나섰다.

8

언덕길을 세 번 오르고 두 번 내려가서 마지막으로 다시 언덕길을 오르자 그 주소에 도착했다. 세련된 외관의 건물이 늘어서서 하나의 마을을 이루는 곳이었다. 하나하나가 독립된 주택인 것이 아니라 거리 전체가 개방된 집 같았고, 사람들은 이곳저곳에 흩어져서 각자의 삶을 살고 있었다. 수행 중인 우리가 있는 곳과는 조금 다르게 평온한 분위기였다.

"저기······."

나는 벤치에 앉아서 무언가를 쓰고 있는 남자에게 말을 걸었다. 남자는 시를 쓰는 듯했다.

"어라? 고양이 배달부니?"

"네."

"혹시 나를 찾아왔니?"

남자의 눈이 반짝하고 빛났다.

"저기, 성함이······."

미나미 씨의 아버지는 아닌 듯했다.

"쳇, 날 보고 싶어서 아내가 고양이 배달부에게 의뢰한 줄 알았잖아."

나는 괜히 미안해졌다.

"하지만 수행을 끝내면 언제든 만나러 갈 수 있지 않나요?"

이쪽 세상 인간들의 시스템은 어떻게 되어 있는지 잘 모르겠지만, 아마도 그럴 것이었다.

"뭐, 원칙적으로는 그런데 어지간한 이유가 없으면 쉽게 왕래할 수 없어. 균형 때문이라나 뭐라나?"

지구의 형태가 변하고 뒤틀린다던 말이 꼭 과장은 아닌 모양이었다.

"백중날에는 마음대로 갈 수 있지만, 다른 날에는 절차가 까다로워. 하지만 고양이 배달부의 의뢰라면 곧장 갈 수 있으니까 기다리고 있었지……."

고양이 배달부는 저쪽 세상의 의뢰가 없으면 움직일 수 없다. 결국 초록 세계의 사람이 만나고 싶다고 의뢰해 주어야만 움직일 수 있다. 완전히 풀이 죽어 어깨를 떨군 남자에게 미안한 마음이 들었지만, 일은 일이었다.

"이 사람을 찾고 있는데."

나는 니지코 씨가 적어준 통칭을 보여주었다.

"저쪽에 카메라를 멘 사람이 있지? 저 사람이야. 이 지역에 원래 예술가가 많긴 하지만, 저 사람도 평범한 사람은 아니야."

그는 청바지 차림에 키가 훤칠한 남자를 가리켰다. 이쪽 세계에서는 죽었을 때의 나이와 상관없이 자신이 원하는 나이를 정할 수 있는 듯했다. 미나미 씨의 아버지는 칠십 대에 사망했을 텐데 카메라를 멘 그 남자는 사십 대 정도로 보였다.

그러고 보니 나도 이쪽 세계로 온 후로 털에 윤기도 생기고 젊었을 때처럼 식욕도 왕성해졌다. 내게 원하는 나이를 물어보지는 않았지만, 가장 좋았던 나이로 정해진 듯했다. 나는 고마운 마음에 꼬리를 힘차게 흔들며 남자에게 다가갔다.

"처음 뵙겠습니다. 고양이 배달부 후타라고 합니다."

미나미 씨는 눈을 동그랗게 떴다.

"긴 꼬리가 아주 멋지구나."

이렇게 세련된 칭찬을 건네다니. 나는 순간 감동했다.

"따님인 유즈 씨의 의뢰로 아버님을 만나러 왔습니다."

내가 그렇게 말하자 그의 표정이 한층 부드러워졌다.

"그래. 여기서는 저쪽 세계가 잘 보이기 때문에 유즈의 상황은 대충 알고 있다만."

그가 가리키는 쪽을 따라 고개를 돌리자 정말로 초록 세계의 풍경이 선명하게 보였다. 미치루도 보이지 않을까 싶어서 뚫어지게 쳐다보았지만 역시 그것은 불가능한 모양이었다.

내가 유즈 씨의 상황을 전하는 동안 그는 계속 싱글벙글했다.

"마침 홍차를 끓이려던 참이었다네. 자네도 마실 텐가? 물론 뜨거운 건 못 먹을 테니 식혀서 주지."

작은 그릇에 담아준 홍차에서는 달콤한 향기와 따스한 거실 냄새가 났다. 홀짝 핥아보았는데 쓴맛이 나서 얼굴이 찌푸려졌다.

"미안, 미안."

그는 홍차에 우유를 넣어서 밀크티로 만들어주었다.

"그러고 보니 유즈 씨도 카페에서 두유 밀크티를 주문했어요."

나는 니지코 씨가 들려준 카페에서의 상황도 이야기했다.

"나랑 유즈는 음식 취향뿐만 아니라 취미도 잘 맞았거든. 보렴, 나는 카메라잖아?"

그는 목에 걸고 있던 카메라를 들어 보였다.

"유즈는 그림이고. 자주 함께 돌아다녔었지. 내가 사진을 찍을 때 유즈는 옆에서 스케치북을 펼치고."

그때가 그리운 듯 그의 눈매가 가늘어졌다.

"이번에 개인전을 연다고 해요. 상도 받았고 그림책도 출판한대요."

"그 아이가 개인전을 연다니…… 그래."

그는 감개무량한 듯 고개를 끄덕였다.

"직접 만나러 가고 싶지만 그렇게는 안 되겠지. 이쪽에서도 이래저래 바쁘고."

눈가가 딸과 무척 닮아 있었다. 그녀도 이런 식으로 웃으면 예쁠 텐데.

"아주 많이 칭찬해 주게."

미나미 씨의 아버지는 내 모습이 보이지 않을 때까지 손을 흔들며 배웅해 주었다.

9

마침내 전언의 날. 몸이 부르르 떨린 이유는 긴장감 따위가 아니라 흥분해서였다.

나는 먼저 니지코 씨와 인사했다.

"열심히 해!"

니지코 씨는 손가락을 탁 튕기며 응원해 주었다.

다리 기슭으로 가자 요전에 보았던 카오스 고양이가 문을 지키고 있었다.

"오, 신입. 잘돼가?"

여전히 넉살이 좋다.

"오늘이 만나는 날이야."

내가 다리를 건너려고 하자 카오스 고양이가 "이봐!" 하며 중저음의 목소리로 불러 세웠다. 나는 아직 뭐가 남았나 싶어 뒤를 돌아보았다.

"파이팅! 꼭 만나게 해줘."

씨익 웃는 얼굴이 의외로 귀여운데?

"응. 걱정 마."

나는 꼬리를 꼿꼿하게 세우고 성큼성큼 다리를 건넜다.

이스즈역 앞에서 기다리자 예상대로 미나미 씨가 개찰구를 빠져나왔다. 나는 곧바로 그녀의 뒤를 따랐다.

오늘은 열흘 동안의 개인전 기간 중 정확히 중간인 5일째다. 미나미 씨가 갤러리로 들어간 후 나는 화과자 가게 옆에서 잠시 지나가는 사람들을 바라보았다.

나는 미나미 씨 아버지의 혼을 몸 중앙에 고이 품고 있었다. 고양이는 흥분하거나 위협할 때 꼬리가 평소보다 두 배 이상 커진다. 놀랐거나 그 밖의 상황에 따라서 저절로 부풀기도 하지만 의도적으로 부풀릴 수도 있다. 전언 역할을 할 누군가에게 혼을 옮길 때 이 특성을 이용하면 된다고 니지코 씨가 가르쳐주었다.

힘을 꽉 주어 혼을 꼬리로 이동시킨다. 반복해서 연습했기 때문에 자신 있었다. 하지만 문제는 혼을 위탁할 만한 대상이 보이지 않는다는 거였다.

"적당한 인간이 의외로 없네."

상점가를 지나는 인파는 많았지만 바쁜 듯 걸음을 재촉하는 사람이나 아이를 동반한 가족이 대다수라 전언 역할에는 어울리지 않았다.

"뭐, 아직 시간은 있으니까……."

잠시 몸을 웅크리고 쉬려는 순간, 또각또각하는 구두 소리가 가게 앞에서 멈췄다. 정장 차림의 여자였다. 그녀는 화과자 가게의 유리문을 열었다.

"미나미 씨 오셨나요?"

여자가 물었다.

"네. 2층에 계십니다."

점원이 대답하는 소리가 들렸고, 여자는 갤러리로 이어지는 내부 계단을 올랐다. 내 귀가 아무리 밝아도 여기에서 2층의 대화 소리를 듣기는 쉽지 않다. 나는 외부 계단으로 올라가 뒷문에서 상황을 살피기로 했다.

"수고하십니다."

정장 차림의 여자가 말을 걸었다.

"아, 이소베 씨."

미나미 씨가 대답했다. 아, 저 여자가 담당 편집자인 이소베 씨구나. 혼을 맡길 역할로 선택하지 않길 잘했다. 일이 복잡해질 뻔했어, 하고 일단 스스로의 안목에 감탄했다.

두 사람의 대화는 계속 이어졌다.

"편집장님에게 관람객이 엄청 많다고 들었어요."

"덕분입니다. 그리고 반입할 때 도와주셔서 정말 감사해요."

미나미 씨는 여전히 소극적인 태도로 대답했다.

"오늘 시상식, 괜찮으시겠어요?"

"네. 저녁쯤에 일단 집으로 갔다가 참석할 생각이에요."

응? 시상식이 오늘 밤이었나? 그건 몰랐네. 나는 귀를 쫑긋 세웠다.

"전시회 중인데 죄송해요. 식장 사정도 있어서 오늘밤에 시간이 없었어요."

저녁까지라. 시간이 많지 않다. 이렇게 농땡이를 부릴 때가 아니다.

나는 다섯 계단을 한 번에 점프해 길가로 내려왔다. 마침 회사원 느낌의 오십 대 남자가 지나가고 있었다. 남자는 화과자 가게 앞에 멈춰 서서 갤러리의 포스터를 유심히 보고 있었다.

"좋아, 결정했어!"

나는 목표를 정한 후 아주 자연스러운 동작으로 남자의 앞을 가로지르며 꼬리에 힘을 주었다. 그러자 혼이 꼬리로 쏠리는 느낌이 전해졌다. 꼬리가 부풀어 오르는 순간에 꼬리 끝을 남자의 다리에 문지르는 것이다. 그렇게 하면 아주 잠깐이지만 혼을 그 사람에게 옮길 수 있다.

그런데 방해꾼이 끼어들었다.

내가 꼬리를 가볍게 흔들며 준비하고 있는 순간에 작은 남자아이가 달려온 것이다.

'위험해!'

그렇게 생각했을 때는 이미 늦은 뒤였다. 꼬리 끝이 남자아이의 다리에 닿아버렸다.

첫 임무부터 실수를 저질렀다. 아무리 나라도 낙담하지

않을 수 없었다. 절로 고개가 떨구어졌다. 꼬리에 혼이 옮겨져 부풀었을 때는 다른 사람에게 닿지 않도록 조심하라고, 니지코 씨도 당부했었다.

"혼은 사람뿐만 아니라 물건에도 옮겨지거든. 꼬리가 부풀었을 때는 세심한 주의가 필요해."

니지코 씨가 그렇게 말했을 때만 해도 나는 여유만만이었다.

"전봇대에라도 닿았다가는 말을 전해줄 수 없을 테니까."

그때를 떠올리자 쓴웃음이 나왔다. 당시의 나에게 정신 차리라고 말해주고 싶었다. 요 며칠 동안의 노력이 전부 물거품이 되었다. 오늘 도장은 꽝이라고 생각하자 부아가 치밀었다. 아무것도 모르는 소년은 "엄마" 하고 부르며 화과자 가게 안으로 들어갔다. 소년의 어머니가 화과자를 사다가 주변을 돌아보았다.

"이런, 요히토. 할머니랑 기다리라고 했잖아."

할머니는 가게 앞에서 다른 여자와 대화하고 있었다. 소년은 종종걸음으로 내부 계단에 다가갔다.

"요히토, 기다려. 거긴 가면 안 돼."

소년의 어머니가 당황하며 제지했다.

"괜찮아요. 2층에서 그림 전시회를 하고 있는데 보고

갈래?"

점원이 소년에게 친근하게 말을 걸었다.

'이거, 상황이 어떻게 흘러가는 거지?'

나는 외부 계단으로 먼저 올라가 뒷문에서 기다렸다.

"어머나, 귀여운 손님이네. 천천히 구경해요."

미나미 씨가 더없이 상냥한 눈길로 소년을 보았다. 이소베 씨도 돌아갔는지 실내에 다른 사람은 보이지 않았다.

소년은 처음에는 주뼛주뼛했지만 그림을 보는 동안 어느새 눈이 빛나기 시작했다. 그리고 한 점의 그림 앞에 멈춰 섰다.

"이 그림, 좋아!"

요히토가 힘차게 말하고 뒤를 따라온 미나미 씨의 얼굴을 올려다보며 생긋 웃었다.

"정말? 고마워. 이 그림은 있지, 내가 어렸을 때 아버지랑 같이 봤던 자운영 꽃밭 그림이야."

미나미 씨의 말에 요히토는 양손의 엄지와 검지로 사각형을 만든 뒤 그 사이로 그림을 보며 "찰칵" 하고 중얼거렸다. 카메라의 셔터 소리를 흉내 내는 모습에 미나미 씨가 놀란 듯 눈을 크게 떴다. 그러고는 천천히 실눈을 뜨며 눈꼬리를 내렸다. 아버지를 꼭 닮은 길고 부드러운 눈매였다. 미나미 씨는 아무 말도 하지 않고 그림을 보는 요히토를 조용히 따라다녔다.

요히토는 그림을 한 점 한 점 순서대로 보면서 걸었고 다시 한번 생긋 미소 지었다.

"정말 잘했구나."

두 사람이 벽 끝에 있는 그림 앞에 서 있는 바람에 이곳에서는 표정이 보이지 않았다. 하지만 미나미 씨의 어깨가 조용히 흔들리는 것은 알 수 있었다.

"보러 와줘서 고마워요."

입속말에 가까운 소리였다.

"많은 일이 있었지만, 지금이 가장 행복하지 않니? 네 스스로 잘 찾아냈구나. 훌륭해."

미나미 씨가 순순히 고개를 끄덕였다.

"요히토, 집에 가자!"

1층에서 어머니의 목소리가 들리자 소년은 타닥타닥 발소리를 내며 계단을 내려갔다.

그 모습을 지켜본 미나미 씨가 허리를 숙여 무언가를 주웠다. 이내 미나미 씨의 옆얼굴에 미소가 번지는 것이 보였다.

미나미 씨가 손에 든 것은 한 장의 사진이었다.

사진 속에는 자운영 꽃밭이 선명하게 펼쳐져 있었다. 그 사진은 내가 가져온 것이 아니다. 아마도 다른 담당자가 준비했거나, 아니면 이쪽 세계로 왕래할 허가가 난 미나미 씨의 아버지가 직접 가져왔는지도 모른다. 그거야 어찌 됐든 상관없다.

아까는 일이 틀어지는 게 아닐까 초조했지만, 여하튼 무사히 끝났다. 임무를 끝냈으니 귀가해도 상관없었지만, 이 왕 온 거 시상식에도 가보자는 마음이 들었다. 첫 임무를 성공적으로 완수해서 기분이 좋았기 때문이다.

하지만 내 임무는 아버지의 말을 전하는 것까지라서, 이후에도 의뢰인과 접촉한다면 지구가 뒤틀릴 것이다. 나는 미나미 씨에게 들키지 않도록 주의하며 맨션까지 살금살금 미행을 이어갔다.

몇 분 후, 매끄러운 소재의 원피스로 갈아입은 미나미 씨가 나타났다. 무척이나 아름다웠다. 원피스의 매끄러운 광택이 검은 고양이의 털을 떠올리게 했다. 문득 함께 연수를 받은 나쓰키가 어떻게 지내고 있을지 궁금해졌다.

미나미 씨는 맨션을 나서기 전 분리수거장에 쓰레기를 버렸다. 미나미 씨가 버린 것은 A4 크기의 색 바랜 봉투였다. 그때 갑자기 바람이 불어와 봉투 안에 있던 종이가 펄럭였다. 지나가면서 보니 그건 결혼식 청첩장이었다. 청첩장에는 10년 전 날짜가 찍혀 있었다. 아마도 결혼식 직전에 어떤 이유로 파혼한 모양이었다.

미나미 씨의 아버지가 했던 말이 떠올랐다.

"그 아이는 어렸을 때부터 요령이 없어서 뭘 해도 제대로 하지 못했어. 아니, 재능은 있는데 막상 중요한 순간에 실패한다거나 다른 아이에게 공로를 빼앗기기도 하고. 어른이 돼서도 여러 가지로 힘든 일이 있었어."

그러면서 그는 기쁜 듯 몇 번이나 고개를 끄덕였다.

"그래, 상도 받고 개인전도 열게 되었단 말이지. 다행이야."

길가로 나오니 미나미 씨가 막 택시를 타려는 참이었다. 나는 가까스로 미나미 씨가 목적지를 말하는 순간을 놓치지 않을 수 있었다.

하지만 여기서 시상식장인 호텔까지는 어떻게 가야 할까. 난감하던 찰나, 닫혔던 택시 문이 열렸다. 문이 덜 닫힌 모양이었다. 그 틈을 이용해 재빨리 조수석 아래로 숨어들었다. 목적지에 도착했을 때는 요금을 계산하는 동안 몰래 택시에서 내렸다. 운전사에게도 뒷좌석의 미나미 씨에게도 들키지 않았던 것은 나의 탁월한 영민함 덕분이다.

"다음은 대상을 수상하신 미나미 유즈 씨입니다."

미나미 씨는 눈부신 조명에도 지지 않는 당당한 걸음걸이로 단상에 섰고, 그 모습에 나까지 자랑스러워졌다. 등을 곧게 펴고 있어서 더는 '고양이 등'이라는 말 따위로는 설명할 수 없는 멋진 자세였다.

"그림을 포기하지 않고 계속 그려왔던 것이 이렇게 평가를 받게 되어서 무척 기쁩니다. 앞으로도 진솔한 태도로 정진하겠습니다."

박수를 보내는 사람들 속에서 이소베 씨의 얼굴도 찾을 수 있었다.

"이 기쁨을 가장 먼저 누구에게 전하고 싶습니까?"

사회자가 마이크를 갖다 대자 미나미 씨는 수줍게 말했다.

"함께 스케치 여행을 다녀준 아버지에게……."

그렇게 말하다가 이내 고개를 가볍게 저었다.

"아니, 이미 전했으니 됐습니다."

미나미 씨는 만면에 미소를 머금었다.

10

"첫 임무치고는 훌륭한데?"

니지코 씨는 영업이 끝난 카페 퐁에서 뒷정리를 하며 나의 보고를 들었다. 실수로 소년에게 혼이 옮겨진 순간을 이야기하는데 웃음을 터뜨리는 모습에는 조금 실망했다.

"나 아무래도 이 일이 적성에 맞는 것 같아."

"또 또 앞서간다. 자, 손 내밀어."

니지코 씨가 목뒤를 긁고 있던 내 앞발을 당기더니 발바닥을 꽉 잡았다. 근무표에 발 도장 딱 하나가 찍히는 것을 보고 나는 수염을 늘어뜨렸다.

그때, 어디선가 달콤한 냄새가 풍겨왔다. 그 냄새가 자운영 꽃 향기라는 사실을 깨닫기까지는 조금 시간이 걸렸다.

두 번째 임무

고양이 배달부,
초콜릿케이크를 보다

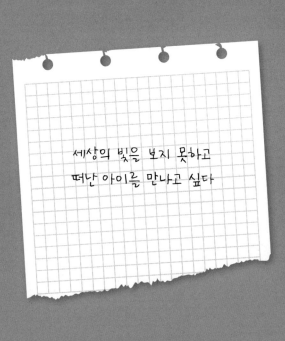

1

내 이름은 후타, 주황색 줄무늬 고양이. 일명 치즈 태비라고도 한다. 저쪽 세계에서 19년을 살고 이쪽 세계로 온지 20일 차. 이젠 이쪽 세계의 생활에도 제법 익숙해졌다.

인간의 언어로는 현세라고 하는 저쪽 세계를 우리는 '초록 세계'라고 부른다. 숲이나 나뭇잎의 싱그러운 느낌이랄까? 대충 그런 이미지다.

그리고 저승이라고도 불리는 이쪽 세계는 '파란 세계'. 하늘과 바다의 색에서 따왔다. 꽤 멋지지 않은가.

이 호칭은 나와 니지코 씨가 처음 만들었다. 니지코 씨는 카페 퐁의 주인으로, 이쪽 세계와 저쪽 세계의 다리 역할을 하고 있다. 그런데 이게 제법 호응이 좋아서 이쪽 세계의 다른 고양이들도 사용하고 있다는 소문이다. 그 말인즉 나의 센스가 뛰어나다는 뜻!

여하튼 이건 당연한 말이니 넘어간다.

이쪽에 와서 알게 된 사실은, 현세니 사후세계니 하면서 마치 초록 세계가 중심인 것처럼 말하곤 하지만 사실 이쪽에서 보면 초록 세계야말로 이곳에 오기까지의 여정처럼 느껴진다는 것이다. 직접 경험하지 않으면 알 수 없지만 말이다.

그나저나 여기 오면 느긋하게 지낼 수 있을 줄 알았는데 그건 크나큰 착각이었다. 상상 이상으로 바빴다. 음식이나 잠자리는 기본적으로 제공되지만, 좋아하는 간식이나 장난감 등은 직접 마련해야 하며, 생활비로 지급되는 용돈도 많지 않아서 조금이나마 풍족하게 살고 싶으면 부지런히 아르바이트를 해야 한다.

직종에 따라 보너스나 성공 수당을 받는 등 보수도 다양하다.

나는 인연이 닿아서(사실은 게시판에 붙은 아르바이트 모집 공고에서 찾은 거지만) 아까 이야기한 카페 퐁이라는 곳에서 일하고 있다.

결단코 고양이 카페의 고양이로 지내는 건 아니다. 낯선 사람들이 달라붙어서 만지고 찰칵찰칵 사진을 찍는 일 따위는 사양한다. 하지만 그런 아르바이트를 좋아하는 고양이도 많은지, 꽤 인기 업종이라고 한다. 도저히 이해할 수가 없다.

"후타, 첫 임무는 어땠어?"

아차. 내 옆에서 등 구석구석까지 야무지게 털을 고르고 있는 검은 고양이, 이 녀석은 나쓰키라고 한다.

나보다 사흘 늦게 이쪽 세계로 온 녀석인데 연수장 근처에서 어슬렁거리길래 내가 먼저 말을 걸었다. 겨우 며칠 차이라고 해도 선배는 선배니까, 후배를 돌봐주는 건 당연한 일이다.

"아, 첫 임무? 실패할 줄 알았는데 의외로 잘 풀렸어."

"대단해! 고양이 배달부는 모두가 선망하는 일이래. 마녀 고양이 선배가 얘기해 줬어."

커다란 눈을 반짝이며 그렇게 존경의 눈빛을 보내오다니. 부끄럽잖아.

'고양이 배달부'는 내가 하고 있는 아르바이트다.

카페 퐁의 니지코 씨가 중간에서 연결해 주기는 하지만,

카페에 찾아온 손님이 보고 싶어 하는 대상을 찾아내서 만나게 해주는 일이 고양이 배달부의 임무다. 의뢰인은 초록 세계에 속한 인간이니 고양이 배달부들도 초록 세계로 잠입해 조사한다.

그 첫 임무를 얼마 전에 막 끝낸 참이다. 다섯 번의 임무를 완수하면 그 대가로 고양이 배달부 자신도 초록 세계에 있는 사람을 만나러 갈 수 있다. 훌륭한 보수가 아닌가.

"넌 어때? 할 만해?"

털 고르기를 끝낸 후 몸을 동그랗게 말고 있던 나쓰키에게 물었다. 나쓰키는 배에서 고개만 살짝 들어 올리고 대답했다.

"아니. 정말 힘들어. 빗자루에 걸터앉는 것만으로도 기진맥진이야."

그러고는 다시 말랑말랑한 배에 얼굴을 묻었다.

나쓰키는 마녀 고양이 아르바이트를 시작했다. 빗자루를 타고 하늘을 나는 마녀의 파트너가 되는 것인데, 이 일은 검은 고양이만 할 수 있다. 지금은 선배 마녀 고양이 옆에 딱 달라붙어서 하나하나 배우고 있다고 했다.

"차츰 익숙해지겠지. 그렇게 쉽게 날 수 있는 거면 하늘이 고양이로 넘쳐나지 않겠어?"

"나도 언젠가 날 수 있게 될까."

웅얼거리는 소리가 들리는가 싶더니 나쓰키는 어느새 쌕쌕거리는 소리를 내며 잠이 들었다. 어디서든 잠들 수 있는 이 배짱이라면 괜찮겠지. 나는 숨소리에 맞춰 들썩이는 나쓰키의 등을 보면서 그렇게 생각했다.

나쓰키가 깨지 않도록 살며시 그 자리에서 벗어났다.

"그럼 이제 다음 임무를 받으러 가볼까."

나는 꼬리를 세우고 카페 퐁으로 향했다.

카페 퐁은 초록 세계와 파란 세계의 경계에 있다.

카페 주인이자 고양이 배달부의 관리자인 니지코 씨는 초록 세계의 인간이지만, 우리와 자연스럽게 대화할 수 있다. 카페라고는 해도 간단한 메뉴밖에 없고 영업시간도 10시부터 17시까지로 짧다. 그런데도 의외로 손님은 많은 듯하다.

카페 수납장 위에는 목제 우편함이 놓여 있다. 만나고 싶은 사람의 이름을 엽서에 적어 이 우편함에 넣는 것인데, 놀랍게도 늘 수많은 엽서가 들어 있다.

물론 엽서에 적힌 모든 소망을 들어줄 수는 없다. 그랬다가는 고양이 배달부의 손이 남아나질 않을 테니까. 그야말로 '고양이 손이라도 빌리고 싶다'라는 속담처럼 난장판이 되고 말 것이다. 니지코 씨가 수많은 엽서 중에서 꼭 이루어주고 싶은 사연을 고르면 그제야 고양이 배달부가 출동한다.

이건 비밀인데, 그 우편함이라는 건 사실 그저 찌그러진 나무 상자일 뿐이다. 하지만 실수로라도 '상자'라고 해서는 절대 안 된다. 니지코 씨의 매서운 눈초리를 받게 되니까.

큰길에서 두 번째 샛길을 지나면 바로 앞에 폭이 좁은 골목길이 나타난다. 고양이 한 마리가 간신히 지나갈 수 있을 정도로 좁은 길이다. 그곳을 빠져나가면 근사한 광장이 나온다. 광장 한쪽에 서 있는 하얀 건물이 카페 퐁이다.

점심을 먹고 나서 일과 중 하나인 순찰을 마친 후 나쓰키와 빈둥거렸으니까, 오후 4시 정도 되었을까. 카페 앞에 고양이 한 마리가 불안한 듯 서성거리고 있는 게 보였다. 흰 바탕에 갈색 반점이 있는 얼룩 고양이였다.

내가 카페로 들어가려 하자 얼룩 고양이는 "아직 영업 중이잖아" 하고 나를 나무랐다. 그렇다. 카페 영업시간 중에 고양이는 출입 금지다. 손님을 놀라게 해서는 안 되기 때문이다.

"처음 보는 얼굴 같은데."

얼룩 고양이가 등을 동그랗게 말며 일어섰다. 이럴 때는 쓸데없이 저항하지 않는 편이 좋다. 영역 다툼을 벌이려는 걸로 오해하면 곤란하다.

"20일 전에 이쪽 세계로 왔어."

"혹시, 후타?"

갑자기 이름을 부르는 바람에 나는 바보처럼 깜짝 놀라서 펄쩍 뛰었다.

"어떻게 알았어?"

그러자 얼룩 고양이가 갑자기 친근하게 다가왔다.

"니지코 씨에게 들었어. 첫 임무를 꽤 잘 해냈다고 칭찬하던데."

이런, 고맙게도. 콧소리가 절로 나왔다.

"그렇지 뭐."

"난 스카이야. 잘 부탁해."

녀석은 서양식의 세련된 이름과는 어울리지 않는 뚱뚱한 배를 드러내며 말했다.

스카이는 이쪽 세계로 온 지 곧 반년이 된다고 한다.

"너랑 달리 내 첫 임무는 진짜 힘들었어."

그때가 떠올랐는지 녀석은 눈물을 글썽였다.

"어땠는데? 얘기해 줘."

솔직히 귀찮은 녀석이랑 엮였다고 생각했지만, 정보는 많을수록 좋으니. 이런 이야기는 들어둬야 한다.

"의뢰인은 결혼을 앞둔 여자였는데 돌아가신 할머니를 만나고 싶다고 했어."

"그러면 파란 세계의 닉네임으로 주소를 찾을 수 있잖아."

내가 했던 일과 똑같은 패턴이다. 별로 어려운 일도 아닌 것 같은데.

"그건 쉽게 해결됐는데, 의뢰인 조사가 문제였어."

의뢰인이 장거리 연애 중이어서 거주지를 특정하는 데에 시간이 걸렸던 모양이었다. 조사를 진행해 보니 의뢰인은 할머니를 결혼식에 모시고 싶어 했다고 한다.

"그러면 결혼식 당일에 하객 중 한 명에게 혼을 맡기면 되잖아."

"응. 그럴 생각이었지."

그런데 조사가 생각보다 난항을 겪었고, 결국 할머니에게 이야기를 전한 건 결혼식 이후가 되어버렸다.

"어떡해."

이야기를 듣고 있는 나조차 절망적인 기분이 들었다.

"어쩔 수 없이 결혼식 뒤에 가는 여행……."

"신혼여행?"

"맞아. 거기에 맞추기로 했어. 여행지는 남쪽 섬이었는데 의뢰인이 묵는 펜션 여주인에게 혼을 맡기기로 한 거지."

"그래. 덕분에 즐거운 여행이 됐겠네."

"그런데 그게 아니었어."

눈물이 그렁그렁한 스카이의 눈에 비참함이 깃들었다.

"뜻대로 안 된 거야?"

"여주인이 고양이 알레르기가 있어서 내가 다가가면 마구 재채기를 해대는 거야. 그래서 포기하고 다이빙 강사에게 맡기기로 했지."

신혼여행 일정에 다이빙 체험이 있다는 사실을 미리 알았던 스카이는 보트 위에서 기다렸다. 그런데 마침내 강사에게 꼬리가 닿았다고 생각한 순간, 강사가 바다로 뛰어들어 버렸다.

"바닷속으로? 거기서 말을 전했다는 거야?"

나조차도 당황스럽다.

"응. 그런 곳에서 할머니의 말씀인 '축하한다. 행복해야 해'를 전한다고 해봐야 믿어줄 리가 없잖아."

일반적으로는 기껏해야 강사가 마음을 써서 그런 말을 해주는 거라고 생각할 것이다.

"너무 아쉽다."

나도 자칫하면 그런 결말을 맞을 뻔했다. 실수로 소년에게 꼬리가 닿았을 때의 무력감이 떠올라 맥이 빠졌다.

"그런데……."

스카이가 눈을 반짝였다.

"그때 물고기 한 마리가 지나갔어. 아마 흰동가리였을 텐데."

"아, 예쁜 열대어지. 오렌지색과 흰색 줄무늬가 있는."

"맞아, 그거. 완전히 우연이었지만, 의뢰인이 어렸을 때 할머니와 갔던 수족관에서 흰동가리를 봤던 거야. 그 물고기가 주인공인 애니메이션을 본 것도 할머니 댁이었던 모양이고. 그래서 불현듯 '이거구나' 하고 생각했나 봐."

"알아챈 거야?"

스카이가 천천히 고개를 끄덕였다.

"바다에서 나온 의뢰인의 고글 속은 이미 눈물로 가득했어. 다이빙할 때가 아니라고 말하면서도 기뻐 보였어."

"다행이다."

마치 내 일처럼 안도감과 기쁨이 밀려왔다.

"그렇게 이러저러해서 여기까지 왔다는 말씀."

지금은 네 번째 임무를 조사 중이라고 했다.

"이제 곧 다섯 번을 채우겠네. 부럽다."

결승점을 코앞에 둔 스카이가 진심으로 부러웠다.

"하지만 그게 그리 간단하지가 않아."

스카이는 얼굴을 찡그렸다.

"니지코 씨도 처음에는 간단하게 해결할 수 있는 일을 맡기지만 점점 난도가 높아지거든."

"진짜?"

첫 임무를 그런대로 잘 마쳤으니 어렵지 않게 다섯 번을 해낼 수 있겠다고 생각했는데 충격이 컸다.

"이번에는 초록 세계의 인간을 만나게 해주는 일인데, 암초에 걸려버렸어. 그래서 니지코 씨에게 조언을 얻으려고 온 거야."

"초록 세계의 인간끼리 만나게 해주는 거야?"

"그렇다니까. 그냥 자기들끼리 알아서 만나면 될 것 같잖아? 그런데 만날 수 없는 특별한 이유가 있나 봐. 그래서 그 이유를 알아내려고 하다가 완전히 최악의 상황에 빠졌어."

스카이는 고개까지 부르르 떨며 말했다.

니지코 씨는 절실한 사람의 부탁만 들어준다. 분명 직접 만나러 갈 수 없는 속사정이 있을 것이다.

"힘들겠다."

머리를 감싸는 스카이를 보고 있자니 다섯 번의 임무를

완수할 자신이 순식간에 사라졌다.

스카이도 이렇게 갈팡질팡하다가는 7개월의 기간이 먼저 끝나버릴까 봐 초조해하는 듯했다. 원래 파란 세계에 온지 7개월이 지나면 자유롭게 초록 세계를 왕래할 수 있다.

"그나저나 아무리 기다려도 죽치고 있는 손님 때문에 니지코 씨가 카페 문을 못 닫고 있네. 오늘은 포기하고 갈래."

스카이는 "또 봐" 하고는 짧은 꼬리를 획획 흔들며 파란세계의 골목길로 향했다.

그 순간, 일부러 때를 기다린 것은 아니겠지만 카페 퐁의 문이 딸깍하고 열렸다. 나온 사람은 니지코 씨가 아닌 낯선 여자였다. 스카이가 말한 '죽치고 있는' 손님이다. 베이지색 면바지에 밤색 패딩 차림. 마른 체형에 키도 작다. 쇼트커트 머리에 화장기도 거의 없어서 소년처럼 보이기도 했다. 나이는 대략 삼십 대 초반 정도일까. 여자는 바쁜 걸음으로 초록 세계로 이어지는 언덕길을 내려갔다.

"후타, 거기 있지? 들어와."

여자의 뒷모습을 지켜보고 있는데 카페 안에서 니지코 씨의 목소리가 들려왔다.

"내가 있는 거 알고 있었어? 대단한데."

쪼르르 달려가서 카페 안으로 들어가니 니지코 씨가 우편함의 엽서를 꺼내고 있었다.

"스카이도 같이 있지 않았니?"

"니지코 씨랑 상의할 게 있었나 본데 기다리다 지쳤는지 가버렸어."

"저런, 미안해라."

그건 그렇고, 카페 안에 있으면서도 바깥 동향을 다 파악하고 있구나. 관리자는 원래 이렇게까지 종업원을 감시하는 건가? 감탄스러우면서도 한편으로는 왠지 무섭게 느껴졌다.

그때 니지코 씨가 "이거 해볼래?" 하면서 엽서 한 장을 내밀었다.

그 아이를 만나고 싶다.

엽서에 적힌 내용은 그것뿐이었다.

"'그 아이'? 다른 정보는 없어?"

나는 깜짝 놀라 물었다.

"그거, 방금 나간 여자가 쓴 거야. 봤지?"

작은 체구의 쇼트커트 여자를 떠올렸다.

"응."

"대화 내용도 들었지? 여기서 나랑 했던 얘기."

"아니, 하나도 못 들었는데."

스카이의 첫 임무 이야기에 빠져 있느라 카페 안의 상황은 전혀 신경 쓰지 않았다.

"너희들 밖에서 대체 뭘 하고 있었어? 귀 기울여 들었어야지."

니지코 씨가 어이없다는 표정으로 핀잔을 주곤, '하여간 말이지'로 시작해서 어쩌고저쩌고 잔소리를 늘어놓은 후 그 여자의 상황을 간추려서 얘기해 주었다.

"카페에 온 건 오후 3시가 지나서였고, 일을 마치고 귀가하던 중인 듯했어. 뜨거운 우유를 주문했고."

"우유? 어른도 그런 걸 마셔?"

내가 아직 새끼 고양이였을 때, 미치루의 엄마는 작은 접시에 우유를 따라주곤 했다. 그 우유를 홀짝홀짝 마시고 있으면 "착하기도 해라" 하면서 내 머리를 쓰다듬어주었다.

"우리 집 핫밀크는 벌꿀을 넣어서 은은한 단맛이 나거든."

니지코 씨는 자랑스럽게 말했지만, 우유를 데운 것만으

로 돈을 받아도 되는 걸까 하는 생각이 들었다. 그래도 주문이 들어온다니 뭐 상관은 없지만 말이다.

"그래서?"

나는 본격적으로 핫밀크 자랑에 빠지려 드는 니지코 씨를 환기시켰다.

"아, 맞다. 손님은 우유를 다 마시고도 멍하니 앉아 있었는데, 벽에 걸린 달력을 보더니 갑자기 허둥대기 시작했어."

"흠. 급한 용무가 생각난 건가?"

"그런 것 같아. 계산을 서두르면서 내게 추천할 만한 케이크 가게가 있는지 물었거든. 홀 케이크를 사고 싶다는 거야."

"그렇다면 생일이겠군."

내 상상력도 꽤 풍부해졌다. "상상력을 발휘해"가 니지코 씨의 입버릇이다.

"딸의 생일이 얼마 남지 않았대. 그래서 내가 좋아하는 가게를 소개해 줬어. 그 집 케이크는 장식이 엄청 귀엽거든. 가장 인기 있는 메뉴는 슈크림인데 그걸 사려고 줄을 설 정도야."

"슈크림!"

나는 제자리에서 펄쩍 뛰어올랐다. 족히 내 키의 세 배 높이는 되었을 것이다. 슈크림은 내가 가장 좋아하는 음식이다. 미치루의 집에서도 가족 생일에는 반드시 케이크를 준비했었다. 아빠 생일에는 치즈케이크, 엄마 생일에는 딸기를 올린 쇼트케이크, 그리고 미치루의 생일에는 슈크림이었다. 미치루는 반드시 슈크림 뚜껑에 크림을 올려 내게 주었다. 달콤하고 녹아들 듯 부드럽고…….

달콤한 디저트의 세계에 완전히 빠진 내게 니지코 씨가 차가운 시선을 보냈다.

"후타, 듣고 있어?"

"듣고 있어. 슈크림이 맛있는 케이크 가게를 손님에게 알려주었잖아."

"핵심이 조금 빗나갔지만 뭐 됐어. 그랬더니 그 손님, 그러니까 이름이…… 소시가야 히즈루 씨가."

니지코 씨는 손님이 적은 엽서를 뒤집어서 이름을 확인하며 말했다.

"가방에서 휴대폰을 꺼내 곧바로 케이크 가게의 사이트를 확인했어."

"가게의 위치를 확인하려는 거였겠지."

"그건 당연한 거고. 그렇게 곧바로 찾아봐야 할 이유가 뭐였을까?"

"글쎄."

나는 고개를 갸웃했다.

"잘 생각해 봐. 상상력을 발휘해서."

니지코 씨의 말에 나는 조금 머리를 짜내본다.

"위치와 영업시간이겠지. 그리고 메뉴? 딸이 좋아하는 케이크가 있는지."

"더 중요한 건, 딸의 생일 케이크라는 거야. 그러면 케이크를 예약하면서 메시지를 첨부할지도 모르잖아?"

무슨 뜻인지 깨닫기 전에 수염이 먼저 움찔했다.

"당일에 맞출 수 있을지 없을지!"

"맞아. 히즈루 씨는 딸의 생일에는 매년 메시지 판을 올린 케이크를 준비했어. 하지만 올해는 일이 바빠서 깜박했다가 시간이 촉박해진 거야. 그래서 황급히 내게 물었던 거지."

"그래서, 늦진 않았어?"

"사이트를 보니까 사흘 전까지 예약하라고 나와 있었어. 히즈루 씨는 '다행이야, 간신히 맞출 수 있겠어' 하고 안심하고 돌아갔어."

"다행이네."

"그리고 내친김에 엽서에 만나고 싶은 사람을 적고 간 거지."

"그 아이를 만나고 싶다……. 아이라고 했으니까 어린아이일까, 딸의 친구 같은?"

"잘은 모르겠지만 왠지 쓸쓸해 보여서 마음에 걸렸어. 여기서부터는 고양이 배달부의 몫이야. 부탁해."

이렇게 해서 나의 두 번째 임무가 결정되었다.

2

초록 세계와 파란 세계를 연결하는 다리는 가파른 내리막길로 되어 있다. 나는 그 다리를 향해 씩씩하게 걸어갔다. 다리 기슭에는 공중전화 부스처럼 생긴 작은 건물이 있다. 초소다. 그곳에서 쉰 목소리가 들려왔다.

"어이, 신입. 일은 잘돼 가?"

보초를 서고 있는 카오스 고양이가 얼굴을 내밀었다. 첫 임무도 끝냈으니 나도 신입이라고 불릴 입장은 아니지만, 분하게도 중책을 맡은 이 녀석에게 나 따위는 아직 애송이다.

"그럭저럭."

나는 니지코 씨가 써준 통행증을 보여주었다. 고양이 그림에 무지개가 걸린 귀여운 도장이 찍혀 있다.

"'앙부아즈'에 가는군. 거기 케이크 맛있지."

"그런가 봐. 줄을 서야 살 수 있다던데."

"슈크림은 웬만해서는 사기 힘들어. 나도 본 적조차 없 거든. 하지만 다른 케이크는 잘 알아. 과일을 듬뿍 올린 타르트는 참기 힘들지."

카오스 고양이는 혀를 할짝거렸다.

달콤한 디저트를 좋아하는 고양이는 나뿐이 아닌 듯하다. 계속 디저트 이야기를 나누고 싶었지만 그러다가 의뢰인을 놓치면 큰일이다. 서둘러야 했다.

카오스 고양이가 통행증을 처리해 주길 기다린 뒤 언덕 길을 내려갔다. 그러자 어느새 나는 '앙부아즈'라는 간판이 걸린 케이크 가게 앞에 서 있었다.

"대체 어떤 방식으로 작동하는 걸까?"

매번 놀라울 따름이지만 생각해 봐야 소용없다. 그런 임무를 하는 곳이 따로 있으려니 하는 수밖에.

케이크 가게 앞에는 역시나 열 명 정도가 줄 서 있었다. 휴대폰을 보거나 멍하니 서 있는가 하면 책을 읽기도 하는 등 모두 초조한 기색 없이 순순히 기다리고 있었다.

이럴 때면 인간은 참 이해할 수 없는 생명체라는 생각이 든다. 왜 이다지도 불필요한 일에 시간을 쓰는 걸까. 그럴 시간에 차라리 다른 케이크 가게를 찾아가거나 아니면 볕이 잘 드는 곳에서 일광욕이라도 하는 편이 훨씬 이득이고 기분 좋지 않을까?

그렇게 생각하면서 줄이 길어졌다가 짧아졌다가 하는 모습을 멍하니 보고 있자니 역시나 수마의 공격이 시작되었다. 잠에 빠져들려는 순간, 시야 끝에서 타닥타닥 소리를 내며 급하게 다가오는 사람이 보였다.

"저 사람이다."

요전과 똑같은 패딩에 바지는 청바지. 신고 있는 스니커즈는 바닥이 닳았고 꽤 낡아 보였다. 처음에는 맨 뒤에 줄을 섰지만, 슈크림을 사기 위한 줄임을 깨달았는지 그곳에서 빠져나와 가게 안으로 들어갔다.

나는 재빨리 가게 옆으로 이동했다. 이 정도 거리면 대화를 정확하게 들을 수 있다.

여자는 아마도 요전에 내가 카페 퐁에 갔던 날 케이크를 예약했을 것이다. 그렇다면 사흘 뒤인 오늘 케이크를 찾으러 올지도 모른다고 추측했다. 그래서 조사 첫날을 오늘로

잡았는데 예상했던 대로 여자가 가게에 나타난 것이다.

"홀 케이크를 예약한 소시가야입니다."

시원시원하고 경쾌한 말투다. 듣기 좋았다.

"네, 기다리고 있었습니다. 예약하신 케이크가 이 초콜릿케이크 맞으시죠?"

점원이 케이크를 보여주고 있는 듯했다. 상자 뚜껑을 여는 소리가 들렸다.

"어머, 예뻐라."

히즈루 씨의 목소리가 한층 높아졌다.

"메시지 판의 문구도 혹시 모르니 확인해 주세요."

아마도 케이크 위에 장식된 과자로 만든 간판 같은 것을 말하는 모양이었다.

"히미야, 생일 축하해."

히즈루 씨가 소리 내어 읽었다.

"네, 맞아요."

"초는 여섯 개가 필요하다고 하셨죠?"

점원이 포장을 시작했다.

잠시 후 히즈루 씨가 하얀 종이 가방을 소중하게 끌어안고 가게에서 나왔다. 나는 조심스럽게 그 뒤를 쫓았다.

조용한 주택가 모퉁이에 히즈루 씨의 집이 있었다. 히즈루 씨는 아직 새 집인 듯한 단독주택의 대문을 열고 들어가 현관문에 열쇠를 꽂았다. 소박한 문패에는 '소시가야'라고만 적혀 있었다.

나는 대문을 타고 넘어가 마당 구석에 자리를 잡았다. 여기라면 오랜 시간 있어도 등이 아프지는 않을 것 같았다.

벽 옆으로도 가보았지만, 실내에서는 거의 아무 소리도 나지 않았다. 히즈루 씨가 옷을 갈아입거나 냉장고에서 음료를 꺼내는 소리가 이따금 들리는 정도였다. 딸도 남편도 아직 귀가하지 않은 듯했다.

마당에는 다양한 나무들이 심겨 있었고 풀숲에서 뿜어져 나오는 열기에 숨이 막힐 정도였다. 화초 잎을 핥아보았지만 아쉽게도 내가 좋아하는 맛이 아니었다. 이삭이 주렁주렁 달린 풀이 바람에 살랑거리자 호기심이 일어 장난도 쳐보았지만 이내 지겨워졌다.

"생일이라면서 다들 늦는군."

별이 밤하늘에 가득 찼고 달의 위치도 완전히 바뀌어 있었다. 이미 심야에 가까운 시각이었을 것이다. 마침내 집 앞에 차가 멈춰 섰다. 주차장에 세워진 차에서 호리호리하고 키가 큰 남자가 내렸다.

"어서 와."

남자를 맞이하는 히즈루 씨의 목소리가 들렸다. 기다리다 지친 탓인지 목소리에 힘이 없었다.

"늦어서 미안해. 오늘 생일인데."

남자가 죄지은 표정으로 말했다.

"기억하고 있었네."

"당연하지."

히즈루 씨가 잠시 침묵했다. 그러자 남편이 히즈루 씨를 재촉했다.

"케이크 있지? 어서 먹자."

"그럴까."

마음을 가다듬었는지 히즈루 씨의 목소리가 다시 밝아졌다.

"올해는 우연히 들렀던 카페에서 알려준 케이크 가게에 예약을 해봤어. 초콜릿은 아직 이른가 싶기도 했는데, 그래도 여섯 살이니까 먹을 수 있겠지?"

"그럴 거야."

이번에는 남자의 말수가 적어졌다.

"초도 여섯 개 꽂고……."

창밖에서도 촛불의 아른거리는 빛이 보였다. 두 사람이

그 촛불을 같이 껐는지 순식간에 빛이 사라졌다.

"살아 있었으면 올해 초등학교에 입학했을 텐데."

히즈루 씨의 목소리가 아주 약간 흔들리는 듯했다. 그 이후로 대화 소리는 거의 들리지 않았고, 단지 포크가 케이크 접시에 닿는 딸각딸각 소리만 규칙적으로 들려왔다.

3

"있잖아, 자식을 잃는다는 건 어떤 기분일까?"

나는 어려워 보이는 책을 읽고 있는 검은 고양이 나쓰키에게 물어보았다. 마녀 고양이 입문서인 듯한데, 나쓰키는 아까부터 같은 페이지를 펼쳐놓고 있을 뿐 전혀 진도를 나가지 못하고 있었다. 결국에는 책 위에 올라타 앉아버렸다.

"나는 새끼를 낳은 적이 없어서 모르겠지만 새끼를 낳은 친구는 있었어."

나쓰키는 나와 마찬가지로 집에서 자란 집고양이지만 가끔 산책이나 모임에 나가기도 해서 몇몇 길고양이와도 친분이 있는 모양이었다. 나도 마음 맞는 녀석이 있었지만 금방 레슬링 놀이에 빠져버리는 바람에 개인적인 이야기를 나눈 기억은 없다.

"길에서 새끼를 낳으면 혼자서는 키울 수가 없다나 봐. 그래서 새끼를 키워줄 만한 집을 찾아다닌대. 새끼들을 한꺼번에 두고 오면 안 받아줄 것 같을 때는 한 마리씩 다른 집을 찾아주고."

"힘들겠네."

나는 부모에 대한 기억이 없다. 미치루의 아빠 말로는 회사에서 퇴근하고 오니 자전거 보관소에서 내가 웅크리고 있었다고 한다. 생후 며칠 정도 된 듯했다고. 분명 나의 엄마도 안전하다고 여겨지는 집을 찾아주었을 것이다.

"새끼랑 헤어지는 건 물론 슬프지만, 그래도 어디선가 건강하고 행복하게 살아주는 것이 가장 큰 바람이라고 했어."

나는 미치루 집에서 한껏 즐겁고 행복하게 지냈어, 하고 얼굴도 모르는 부모님에게 마음속으로 인사를 드렸다.

"그렇게 해도 목숨을 잃는 새끼가 있지. 하지만 그건 섭리? 맞나? 그런 표현을 썼었는데."

"자연의 섭리 말이야? 그거야말로 지구가 뒤틀린다는 사고방식과 비슷할지도 모르겠네."

나는 소시가야 집의 쓸쓸한 정적을 떠올렸다. 아내도 남편도 있는데 아무도 없는 듯한 기운이 가시지 않는, 그런 적막함을.

"천수를 누린다는 건 기적이야."

생긋 웃는 나쓰키의 눈동자가 반짝하고 빛났다.

마녀랑 있으면 닮아가는구나, 하고 나는 감탄했다. 나도 고양이 배달부로서 역할을 다해야겠다고 마음을 다잡았다.

4

둘째 날에는 히즈루 씨의 자택에서부터 조사를 시작했다.

나는 귀찮음을 극복하고 새벽부터 일어나 졸린 눈을 비비며 소시가야 씨 집의 주차장 옆에서 대기했다. 이윽고 동이 트기 직전에 히즈루 씨가 현관에 모습을 드러냈다. 남편은 아직 자는 듯했다.

오늘도 간편한 차림을 한 히즈루 씨를 따라가자 입구에 '기린 어린이집'이라고 적힌 곳에 도착했다. 단층 건물 앞에 넓은 운동장이 있었고 놀이기구도 많았다. 이렇게 이른 시간에도 몇몇 아이들이 모여 있었다.

"히즈루 선생님, 안녕하세요!"

모래밭에서 분홍색 양동이를 들고 있던 여자아이가 힘차게 인사했다. 히즈루 씨는 이 어린이집의 보육교사인 듯했다.

"미오, 안녕!"

히즈루 씨가 생글생글 웃으며 손을 흔들었다.

아이들을 살뜰하게 챙겨주는 히즈루 씨는 아이뿐만 아니라 다른 직원들에게도 호감을 사고 있었다. 히즈루 씨는 시원시원하고 경쾌했으며 커다란 웃음소리가 끊이지 않았다.

나는 어린이집 건물 안으로 잠입도 해보고 운동장 벤치 밑에서 쉬기도 했다. 하지만 이따금 나를 발견한 아이들이 "고양이다!" 하고 외치며 쫓아오는 통에 아주 진저리가 났다. 어린아이들은 왜 남의 기분도 아랑곳하지 않고 시끄럽게 소리를 질러대며 달려오는 걸까. 도저히 참을 수가 없다.

그러한 역경을 헤쳐가며 잠입 수사를 하다 보니 어느새 오후가 되었다. 이제 슬슬 보호자들이 아이를 데리러 올 시간이다. 빠르면 점심을 먹자마자 아이를 데려가는 엄마도 있었다. 새벽부터 등원해서 모래밭에서 놀고 있던 미오도 "엄마!" 하며 짙은 남색 바지 정장을 입은 여자에게 달려갔다.

"안녕하세요."

미오의 목소리를 들은 히즈루 씨가 운동장으로 나와서 여자에게 인사를 했다.

"히즈루 선생님, 늘 감사해요."

"미오도 의젓한 언니가 되었어요. 다른 아이들을 잘 보살펴 준답니다."

"어머, 정말요? 내년이면 이제 초등학생이 되는데. 잘 다닐 수 있으려나."

"내년에는 초등학생이구나. 우리 아이도……."

히즈루 씨는 말을 꺼냈다가 입을 다물었다.

"죄송해요."

히즈루 씨의 사정을 알고 있는지 미오의 어머니가 당황하며 고개를 숙였다.

"무슨 말씀이세요. 저도 이렇게 같이 육아를 할 수 있어서 오히려 감사하고 있어요."

"그러시군요."

히즈루 씨와 이야기를 나누고 있는 엄마에게 미오가 신난 얼굴로 달라붙었다.

"내일 책가방 보러 가기로 했어요."

엄마의 다리 사이로 고개를 내민 미오가 비밀이라도 털어놓듯 조그맣게 말했다.

"어머, 그래? 신나겠네."

히즈루 씨도 비밀 이야기를 나누는 것처럼 오른손 손바닥으로 입을 가리며 대답했다.

"요즘은 디자인도 다양하고 색깔도 너무 많아서 고르기가 힘들 정도예요."

미오의 어머니가 웃음 띤 얼굴로 말했다.

"우리 때는 남자아이면 검은색, 여자아이면 빨간색이거나 기껏해야 분홍색 정도였죠."

히즈루 씨가 공감된다는 듯 그렇게 말하자 미오가 끼어들었다.

"미오는 에메랄드그린이 좋아."

미오는 어느새 어머니의 가방에서 책가방 카탈로그를 꺼내 펼치고 있었다.

"어디, 어디?"

히즈루 씨가 카탈로그를 들여다보려고 하자 미오는 "이거 선생님 줄게요!" 하며 카탈로그를 내밀었다.

"미오, 이제 그만해."

미오의 어머니가 그 손을 붙잡았다.

"우와, 정말 다양하네요."

히즈루 씨는 건네받은 카탈로그를 넋을 잃고 들여다보았다.

"가지셔도 돼요. 온갖 브랜드에서 카탈로그를 보내는 통에 집에 산더미처럼 쌓여 있어요."

어머니의 미소를 본 히즈루 씨의 눈에 아주 잠깐 슬픔이 비쳤다. 하지만 히즈루 씨는 이내 평상시의 웃는 얼굴로 돌아와 두 사람을 배웅했다.

"당신도 알고 있었어? 색상이 다양해졌다는 말은 들었지만 이 정도일 줄이야."

오늘도 자정이 지나서야 귀가한 남편을 앞에 두고 히즈루 씨는 어린이집에서 받은 책가방 카탈로그를 펼쳐 보였다.

"히미에게는 어떤 색이 어울릴까? 나는 라벤더색을 좋아하는데 그 애는 좀 더 귀여운 색을 원하려나. 이 페일 핑크도 예쁘네."

히즈루 씨가 들뜬 목소리로 말하며 카탈로그를 넘겼다.

"어떻게 생각해?"

질문을 받은 남편이 테이블 위에 딸그락 유리잔을 내려

놓는 소리가 들렸다. 물잔이거나, 아니면 늦은 반주를 하고 있는지도 몰랐다.

"이제 그만해."

목소리가 낮게 울렸다. 거칠고 위압적인 느낌이 아니라 절박한 외침에 가까운 목소리였다.

"상상 정도는 해도 되잖아."

히즈루 씨가 나지막한 목소리로 대꾸했다.

"벌써 6년이야. 태어나지도 않은 아이에게 이름을 지어주고 매년 생일까지 축하하더니, 이젠 입학이야? 이런 육아 놀이를 언제까지 해야 하는데?"

"아이를 키우는 상상이라도 하면 안 되는 거야? 출산도 못 한 여자는 그런 이야기를 할 권리마저 빼앗기는 거야? 너무 불공평하잖아. 같은 해에 출산한 사람은 내일 딸과 책가방을 사러 간대. 적어도 그런 상상 정도는 해도 되잖아."

"나라고 슬프지 않은 건 아니야. 하지만 가끔은 공감하기 힘들 때가 있어. 공상과 현실의 경계를 모르는 것은 아닌지 두려워진다고."

"충분히 알고 있어. 나는 직장에서 매일 다른 아이를 보살피잖아. 난 낳지 못했는데 왜 다른 사람의 아이를 돌보고 있는지 기가 막힐 때도 있어. 하지만 그게 현실인걸. 누구보다 잘 알아."

히즈루 씨는 알고 있다는 말을 두 번 더 반복한 후 침묵했다.

요전과 똑같은 질감의 정적이 소시가야 집을 감싸고 있었다.

5

"배 속에서 사망한 아기는 파란 세계의 명부에 기재되지 않아."

카페 풍의 난로가 타닥타닥 소리를 내고 있다.

이곳에서는 겨울뿐만 아니라 여름까지 1년 내내 난롯불을 피운다. 해가 진 저녁에, 그러니까 고양이 배달부가 출입하는 시간대에만. 따끈따끈한 곳을 좋아하는 우리 고양이들의 습성을 알고 있기 때문일 것이다.

고맙게도 난로 바로 앞에 자리를 잡은 나는 데굴데굴 몸을 굴렸다. 하품이 나올 듯해서 황급히 입을 막았다. 업무 중이다.

"그러면 어디서 찾아야 해?"

첫 임무에서는 파란 세계에 있는 아버지의 혼을 데려와
야 했다. 파란 세계에서 쓰는 통칭을 실마리로 주거지를
찾아내어 아버지를 만날 수 있었다.

"게다가 태어나지도 않은 아이잖아. 대화가 될까?"

의뢰인의 아버지는 사망했을 때의 나이가 아닌, 본인이
원하는 나이인 사십 대의 모습으로 이쪽 세계에서 왕성하
게 활동하고 있었다.

"그 아이도 성장하고 있어. 파란 세계에서."

"그렇게 되는 거야?"

생을 부여받지 못했다고 해도 그건 어디까지나 초록 세
계에서의 사정이고, 그대로 파란 세계로 거처를 옮겨 올
뿐이라고 한다. 하지만 소속이 없어서 명부로 관리하지 않
기 때문에 거처를 특정할 수 없다고 했다.

"태어나기 전이나 아주 어렸을 때 파란 세계로 온 아이
들이 생활하는 곳이 따로 있어. 말하자면 어린이집 같은
곳이지."

그 과정을 끝내면 초등학교에 준하는 곳으로 진학한다
고 하니, 역시 초록 세계와 파란 세계의 경계는 있는 듯하
면서도 없는 것 같다는 생각이 들었다.

히즈루 씨의 남편이 '경계'라는 표현을 썼지만, 애초에

그런 것은 필요없는 게 아닐까. 하지만 이런 상황을 전하는 것은 내 역할이 아니니 본인이 깨달을 수밖에 없다.

"그러면 거기에 가면 만날 수 있겠네."

"나이도 알지? 이름도 있고."

"응. 히미라고 했어. 이번 생일로 여섯 살이 됐고."

"히즈루의 '히'와 미노루의 '미'에서 땄구나."

"응? 그 남편 이름이 미노루야? 니지코 씨는 어떻게 그런 것까지 알아?"

"어? 내가 보여주지 않았나?"

니지코 씨는 그렇게 말하면서 히즈루 씨가 남기고 간 엽서를 꺼냈다.

'그 아이를 만나고 싶다'고 적힌 뒷면에 '소시가야 미노루&히즈루'라고 이름이 쓰여 있었다.

"응? 그렇다는 건……."

물론 아이를 만나고 싶다고 한 사람은 히즈루 씨 한 사람이다. 하지만 엽서에 두 사람의 이름이 있는 이상 두 사람 모두에게 히미의 말을 전해야 하는 건 아닐까? 책임이 두 배가 된다.

"뭐, 어려울 것 같으면 한 사람에게만 전해도 돼. 그렇게 해도 전한 건 맞으니까."

니지코 씨의 말에 마음이 조금은 가벼워졌다. 하지만 정말로 그래도 될지 고민하는 건, 책임감 강한 치즈 태비 고양이의 성격 탓이다.

6

파란 세계의 어린이집은 의외로 쉽게 찾을 수 있었다.

어린아이들의 주거지는 각각의 취향에 따라 정해져서 여기저기 흩어져 있다. 하지만 어린이집은 분명 각자의 주거지에서 아이들 스스로 등원할 수 있는 곳에 있을 거라는 게 나의 판단이었다. 어디에서나 다니기 편한 중심지에, 넓은 운동장을 마련할 수 있는 자연 친화적인 장소. 그리고 또 하나의 절대적인 조건이 있다.

"언덕길이 아닌 곳이 좋겠지."

파란 세계에는 유난히 언덕길이 많다.

언덕 위쪽이 시야가 트여 있어서 거주지로는 인기가 있겠지만, 오르막 내리막이 이어지면 어린아이들이 다니기에는 상당히 힘들다. 그 점에 주목해서 조건을 좁혀가며 평탄한 길이 이어지는 장소를 찾아보니 어린이집이 나타났다. 요즘 들어 한창 풍부해지고 있는 내 상상력 덕분이다.

어린이집 마당으로 들어가자 갑자기 아이들이 나를 에워쌌다.

"고양이다! 귀여워!"

나는 도망가려고 방향을 틀었다. 그러자 아이들이 "가지 마! 만지게 해줘!" 하며 달려왔다. 하여간 어느 세계든 아이들은 짜증 나는 존재다.

간신히 아이들을 피해 건물 안으로 들어갔다.

"어머, 고양이 배달부?"

보육교사가 웃으면서 다가와 내 턱을 쓰다듬어주었다. 놀이나 공부만 가르치지 말고 이렇게 고양이를 대하는 법도 아이들에게 가르쳐줬으면 좋겠다.

"네. 소시가야 히미에게 의뢰가 들어왔습니다."

나는 가르릉 소리를 내며 그렇게 대답했다.

"히미가 어디에 있지?"

보육교사는 주변을 두리번거리더니 잠시 후 쿡쿡쿡 하고 몰래 웃음을 터뜨렸다. 보육교사의 시선을 따라가 보니 방 한가운데 위치한 책상 밑에 여자아이가 숨어 있었다.

"히미는 아주 감각이 좋은 아이야."

가까이 다가가 보니 히미는 색연필로 형형색색의 그림을 그리고 있었다. 비눗방울이 날아다니는 듯한 그림에서 신비로운 따스함이 느껴졌다.

"엄마 배 속에서 본 풍경이 아닐까."

보육교사는 그렇게 말하더니 "히미야, 손님 오셨어" 하고 나를 소개해 주었다.

"아빠랑 엄마가 나 만나고 싶다고 했어?"

히즈루 씨를 닮은 까만 눈동자가 크게 깜박였다.

"와아!"

만세를 하며 기뻐하는 쾌활함은 엄마에게 물려받은 모양이다.

"엄마 아빠에게 하고 싶은 말이 있으면 이 고양이에게 이야기해 보렴."

보육교사가 옆에서 조언해 주었지만, 히미는 조금 고민하는 듯한 표정이었다.

"아빠랑 엄마가 히미를 기억해 주는 건 기뻐. 근데 히미는 이곳에서 건강하게 잘 지내고 있으니까 걱정하지 않으셨으면 해. 내년이면 나도 초등학생인걸."

풍선처럼 볼을 부풀리는 모습이 귀여워서 나조차도 웃음이 나올 것만 같았다. 아이들이라고 꼭 귀찮거나 시끄럽기만 한 건 아니군. 새끼를 가져본 적은 없지만, 나도 부모가 아이를 생각하는 마음을 왠지 알 것 같은 기분이 되었다.

부모는 아이의 행복을 바라고, 아이는 부모를 안심시키고 싶어 한다. 그것은 인간이나 고양이나 마찬가지다.

7

솔직히 무계획이었다.

히미의 혼을 데려오기는 했지만 어떤 상황에서 히즈루 씨에게 전달할지는 결정하지 못하고 있었다.

자택에서 하면 미노루 씨에게도 동시에 전할 수 있지만, 오히려 의심받을 가능성도 있다.

욕심부리지 말고 히즈루 씨 한 사람에 집중하자. 그렇게 결심하고 히즈루 씨가 근무하는 '기린 어린이집'의 원아에게 혼을 맡기기로 결심했다.

어린이집 문 앞에서 대기하고 있자 히즈루 씨가 요전과 거의 같은 시간에 나타났다. 그녀는 아이들에게 친근하게 손을 흔들면서 원내로 들어갔다.

"어디 보자."

일단은 혼을 맡길 상대를 골라야 한다.

어린이집에는 계속해서 보호자와 아이들이 들어오고 있었다. 아이들은 역시나 재빠르게 나를 발견했고, 무작정 다가오는 바람에 오히려 작전 수행이 어려웠다. 게다가 잠시도 가만있지 않고 촐랑거리는 그들에게 자연스럽게 꼬리를 가져다 대기는 거의 불가능에 가까웠다.

꼬리 끝에 닿는 순간 그 사람에게 혼이 옮겨 간다. 게다가 아주 짧은 시간 동안만 효력이 있다. 그 짧은 시간 안에 의뢰인에게 말을 전하지 못하면 애써 데려온 혼도 물거품이 된다.

혼이 옮겨진 상대는 그 순간의 기억을 잃는다. 실제로는 제법 긴 시간이지만, 체감상으로는 찰나에 지나지 않는다. 대략 눈 한 번 깜박이는 시간 정도로만 느낄 뿐 전언 역할을 했다는 사실도 깨닫지 못한다. 그것은 파란 세계와 초록 세계 사이의 시공간이 엇갈려 있기 때문이라고, 니지코 씨가 설명해 주었다. 내가 생각하기에도 두 세계가 잇닿아 있다고는 하지만 그 정도의 차이도 없으면 오히려 이상할 것 같다.

보호자와 아이들이 계속해서 내 앞을 지나갔지만, 적당한 대상을 찾지 못한 채 시간만 흘러가고 있었다.

혼이 내 안에 있을 때는 일정 시간 동안 사라지지 않는다. 전언 역할을 할 대상을 정하면 혼을 맡기기 직전에 꼬리 끝에 혼을 집중시키는데, 그 전까지는 꼬리가 다른 곳에 닿아도 혼이 도망가거나 옮겨지지 않는다. 하지만 혼도 생명체와 마찬가지여서 내가 계속 품고 있으면 신선도가 떨어진다. 시들어버린 채소처럼 혼도 시간이 지나면 원래의 느낌이 사라지는 것이다. 때문에 혼의 주인이 전하고자 했던 말이나 생각을 제대로 전달하려면 신선함이 생명이다.

전언을 빨리 마쳐야 하는 결정적인 이유가 한 가지 더 있다. 우리 고양이는 건망증이 심하다. 그래서 서두르지 않으면 전달할 말을 완전히 잊어버릴 수도 있다. 그 사실만으로도 조바심이 일어 견딜 수가 없었다.

'아니야, 조급해한다고 달라질 건 없어. 일단 진정하자.'

정오가 가까워지면서 등원하는 아이도 거의 없어졌다. 원내의 아이들은 놀이에 한창 흥이 올라서 접근할 수 있는 상황이 아니었다.

설상가상으로 오후에 접어들자 급격하게 눈꺼풀이 무거워지기 시작했다. 깜빡 졸았다고 생각했는데, 퍼뜩 눈을 떠보니 어느새 해가 지려는 참이었다. 모래밭에서 놀던 아이들도 보이지 않는다. 실내에도 아이들이 몇 명 남아 있지 않았다. 낮잠 때문에 일을 그르쳤다는 사실을 니지코 씨가 알면 또 얼마나 잔소리를 듣게 될까.

일단은 무조건 혼을 전달해야 한다는 생각에 혼을 꼬리에 집중시키고 있는데, 책가방을 멘 여자아이가 정문으로 들어오는 모습이 보였다. 키도 크고 발걸음도 안정적인 걸로 보아 고학년이 분명했다.

"지금이다."

나는 망설이지 않고 소녀의 발밑으로 다가가 꼬리를 자연스럽게 비볐다. 전언 역할을 잘 해내주길 기도하는 마음으로 소녀를 응시하며 뒤를 따라갔다.

"안녕하세요, 와타라이 미오의 언니입니다."

또박또박한 목소리가 실내에 울렸다. 히즈루 씨가 문밖으로 고개를 내밀더니 "어머, 미오의 언니구나. 대견해라. 동생 데리러 왔어?" 하고 놀라며 물었다.

"네, 아빠는 밖에 계세요. 주차장에 들어가지 못해서 차

안에서 기다리고 있어요."

말도 야무지게 했다.

하지만 지금 그런 점에 감탄하고 있을 때가 아니다. 히미의 혼이 효력을 드러내지 못하고 있지 않은가. 애가 타도록 초조했지만 지켜볼 수밖에 없으니 더욱 답답했다.

실내에 있던 미오가 "언니!" 하며 달려왔다. 아직 아기 같기만 한 이 아이도 몇 년만 지나면 언니처럼 듬직해지겠지. 그런 생각을 하자 문득 아이들의 성장이 놀랍게 느껴졌다. 미치루가 초등학생이었을 때를 떠올려 보려고 했지만, 그때는 나도 아직 아기였다. 미치루와 달리기 시합을 하면 정말 박빙이었는데.

"자, 집에 가자. 엄마는 오늘 일이 많아서 늦으신대. 대신 집에 맛있는 게 있지!"

소녀가 언니답게 상냥한 말투로 미오에게 말했다.

"정말? 뭔데?"

"케이크! 엄마가 출근 전에 사다 놓으셨어. 미오 건 커다란 딸기가 있는 케이크래."

미오가 신이 나서 폴짝거리며 언니 주변을 뱅글뱅글 맴돌았다.

"그리고……."

그렇게 말을 꺼낸 미오의 언니가 갑자기 히즈루 씨의 눈을 똑바로 응시했다. 갑작스럽게 시선이 마주쳐 당황하는 히즈루 씨에게 소녀가 말했다.

"내 건 초콜릿케이크. 장미꽃 장식이 무지 근사한 케이크야."

그렇게 말한 소녀는 생긋 미소를 지었다. 신이 나서 정신이 없는 미오에게는 그 말이 들리지 않은 모양이었다. "딸기, 딸기" 하고 외치며 손뼉을 치고 있을 뿐이었다.

하지만 히즈루 씨에게는 똑똑하게 들렸을 것이다.

"초콜릿 먹을 수 있니? 미오처럼 작은 아이도?"

히즈루 씨의 물음에 미오의 언니는 고개를 끄덕였다.

"엄청 맛있었어."

어리광 섞인 목소리로 대답한 소녀의 얼굴은 초등학교 고학년이 아닌 아직 어린아이의 얼굴이었다.

히즈루 씨는 미소 지었다.

"그랬구나. 초콜릿도 먹을 수 있을 만큼, 그렇게 많이 컸구나."

히즈루 씨는 손을 잡고 돌아가는 두 아이의 뒷모습을 지켜보았다. 소녀의 책가방은 옅은 분홍색이다. 페일 핑크라는 색이 아마 저런 색이겠지. 역시 어울리네.

히즈루 씨는 가슴에 두 손을 얹고 중얼거렸다.

"건강하게 자라줘서 고마워."

나는 히미의 말이 전달되는 모습을 지켜본 후에도 한동안 어린이집을 서성였다. 밤이 완전히 깊어졌다. 히즈루 씨도 한참 전에 귀가했다. 만족스러운 기분이어야 하는데도 무언가가 마음에 걸렸다.

데려온 히미의 혼이 아직 내 몸속에 조금 남아 있었다. 아까 소녀에게 접촉했을 때 혼 전부가 가지 않았던 것은 조금이라도 어딘가에 남겨두고 싶다는 마음이 있었기 때문이다.

의뢰인인 아내 히즈루 씨와 남편 미노루 씨. 두 사람 모두에게 전하고 싶은 나의 바람이 혼을 분할했다. 하지만 그런 방법이 있다는 이야기는 듣지 못했다. 게다가 혼이 얼마나 남았는지도 가늠하기 어려우니 성공을 확신할 수 없었다. 어쩌면 효력 자체가 이미 사라졌는지도 모른다.

그래도 나는 밑져야 본전이라는 생각으로 의뢰인의 집으로 향했다. 집 앞에 도착하니 마침 미노루 씨가 주차장에 차를 대려는 참이었다.

이대로 미노루 씨가 집으로 들어가 버리면 더 이상의 기회는 없다. 하지만 주택가 한가운데, 게다가 이런 야심한 시각에 전언 역할을 해줄 누군가가 지나갈 리도 없다.

포기할까…….

그렇게 생각한 순간이었다. 미노루 씨가 주차장 셔터를 열기 위해 차에서 나왔다. 평상시에는 자동으로 열리고 닫히는 셔터인데 문제가 생긴 듯했다.

"에잇, 될 대로 돼라!"

나는 꼬리를 꼿꼿하게 세우고 민첩하게 자동차 쪽으로 다가갔다. 꼬리가 짙은 남색 차체에 닿았다. 그러자 자동차 라디오가 주파수를 찾기 시작했다.

"어서 와."

남편을 맞이하는 히즈루 씨의 목소리가 들렸다. 목소리는 다시 밝아져 있었다.

식탁에 앉아 있던 미노루 씨가 말을 꺼냈다.

"이번 휴일에 히미의 입학 선물을 사러 갈까?"

"응?"

"아무래도 책가방은 좀 그렇고, 색연필 같은 건 어떨까? 이름도 새겨달라고 하고. 색연필은 우리도 쓸 수 있잖아. 히미를 생각하면서 사용할 수 있는 거라면 사도 되지 않을까. 그 정도는 해도 될 것 같아서."

히즈루 씨의 대답이 들리지 않는 것은 울고 있었기 때문이다. 집 안은 여전히 고요했지만, 이전과는 달랐다. 이번에는 어딘가 몽글몽글하고 부드러운 공기가 느껴졌다.

"신기하게도 말이야……."

미노루 씨가 속삭이듯 말했다.

"방금 차를 주차장에 넣으려고 다시 시동을 걸었는데 라디오에서 노래가 흘러나왔어. 히미가 당신 배 속에 있을 때 내가 불러주던 그 노래가."

"당신, 매일매일 지겹도록 그 노래를 불렀잖아. 태교에 좋다면서."

"추억도 소중하게 키우면 성장하는 걸까."

"응. 히미는 저쪽 세상에서 건강하게 성장하고 있어. 안심해도 될 거 같아."

8

긴 하루였다.

나는 가벼운 발걸음으로 다리를 건너 카페 퐁으로 향

했다.

"왜 이렇게 늦었어?"

니지코 씨가 기다리고 있었다.

"퇴근했을 줄 알았는데."

말은 그렇게 했지만 역시 기다려주는 사람이 있다는 건 기쁜 일이다. 난롯불은 오로지 나를 위해 피워두었을 것이다.

내가 상황을 보고하는 동안 니지코 씨는 눈을 크게 뜨기도 하고 고개를 끄덕이거나 눈물을 글썽이기도 하는 등 분주했다.

"두 사람의 소원을 모두 이루어주다니, 정말 잘했어."

니지코 씨는 그렇게 말하면서 두 번째 발 도장을 찍어주었다.

"오늘은 늦었으니까 얼른 돌아가서 쉬어. 아참, 네 여자친구인 검은 고양이는 마침내 마녀 고양이로 데뷔를 하는 것 같더라."

여자친구 아니거든. 알지도 못하면서. 그런데 니지코 씨는 어떻게 그런 것까지 알고 있지? 하고 싶은 말은 많았지만, 너무 졸려서 견딜 수가 없었다.

있는 대로 입을 벌려 하품을 했더니 눈앞이 가물가물해

졌다. 니지코 씨가 뒷정리하는 동안 잠깐만 쉴까.

난로가 타닥타닥 소리를 냈다.

세 번째 임무

고양이 배달부,
밭에서 장난을 치다

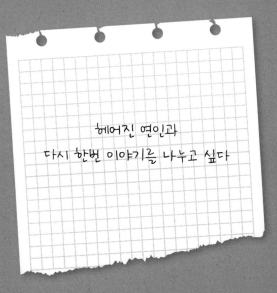

헤어진 연인과
다시 한번 이야기를 나누고 싶다

1

나는 아까부터 연애라는 것을 생각하고 있었다. 고양이
인 내가 인간의 연애나 사랑에 관해 말할 처지는 아니지
만, 왜 그렇게 엉킨 실타래처럼 복잡한지 이해할 수가 없
었다. 특히 이번 의뢰 같은 경우를 조사하다 보면 궁금해
미칠 지경이 된다.

인연이 있어서 만났고 함께 살게 된 사이다. 서로를 배
려해 준다면 일생을 평온하게 살아갈 수 있을 텐데 아깝지
않은가.

상대를 의심하거나 단점을 찾아내서 따지고 나무라니

까 상대방도 쓸데없는 생각을 하게 된다. 서로 양보하면서 한 발짝 다가가면 두 발짝 가까워지는 것이다. 그렇지 않아? 나는 검은 고양이 나쓰키에게 동의를 구하기 위해 돌아보았지만, 나쓰키가 보이지 않았다.

"나쓰키!"

이름을 부르면서 주변을 둘러보니 나무숲 사이에서 나쓰키가 얼굴만 빼꼼히 내밀었다. 목에 매달린 새빨간 리본이 흔들렸다.

"어, 어때?"

빨간 리본을 맨 검은 고양이 인형은 초록 세계에 있을 때도 본 적이 있다. 우리 같은 치즈 태비 고양이는 절대 흉내도 낼 수 없는, 검은 고양이만의 패션임을 알고는 있었다. 하지만 빨간 리본을 맨 나쓰키는 그런 인형 따위와는 비교도 되지 않을 만큼 귀여웠다.

너, 너무 귀엽잖아. 하지만 차마 입 밖으로 내지는 못하고 멍하니 바라볼 뿐이었다.

"이상해?"

나쓰키가 수줍은 듯 고개를 숙였다.

"엄청 잘 어울려."

나는 귀 뒤를 긁는 척하면서 앞발로 얼굴을 가리고 대답했다.

"정말? 좋아라."

나쓰키는 목에 달린 리본을 흔들었다.

"근데 왜 그렇게 꾸미고 있어?"

설마 다른 고양이랑 데이트라도 하려는 건 아닌지 걱정
이 되었다.

"이건 마녀 고양이 제복이야. 업무 중에는 이 차림으로
있어야 한대."

나쓰키는 내 앞으로 와서 폴짝 앉았다.

그제야 생각이 났다.

나쓰키가 마녀 고양이로 데뷔한다는 소식을 니지코 씨
에게 들었고, 그래서 나쓰키를 격려하러 왔다는 사실이.
하마터면 깜박할 뻔했다.

"마침내 시작이네."

마녀 고양이 수행은 순조롭게 진행되고 있는 듯했다.

"아직도 실수투성이야. 그런데 그다음은 직접 실전에서
배우는 수밖에 없대."

"그래서 빗자루는 탈 수 있게 됐어?"

저번에는 빗자루 위에 앉는 것조차도 힘들다고 투덜댔
었다.

"일인용 빗자루는 위험해서 아직 타면 안 돼. 지금은 마녀님 뒤에 붙어서 이인용 빗자루로 실습하고 있어."

제대로 탈 수 있게 되면 전용 빗자루가 지급되는 모양이지만, 그건 아직 먼 이야기인 듯했다.

"한 걸음 한 걸음 나아가는 거지."

나는 스스로를 타이르듯 말했다. 나 역시 이번 의뢰는 만만치가 않아서 조사에 난항을 겪고 있었다.

"우리 열심히 하자."

나쓰키가 동그란 눈으로 그렇게 말하며 꼬리를 흔들었다.

"그래!"

나도 입가를 불룩하게 부풀리며 대답했다.

2

이 사람이고 저 사람이고 전부 휴대폰만 보고 있어서 짜증이 났다.

전철을 기다릴 때도, 식사 중에도, 하물며 걸을 때조차도 한 손에 휴대폰을 든 채 코딱지만 한 화면을 들여다보고 있다. 완전히 휴대폰에 지배당한 듯하다.

게다가 대화마저도 휴대폰으로 끝내버린다. 목소리를 내가며 하는 교류가 사라졌다.

우리 고양이 배달부는, 사실 고양이는 다 그렇지만, 귀가 상당히 밝다. 자신에게 필요한 소리와 그렇지 않은 소리를 구별하기 때문에 중요한 소리를 놓치는 법이 없다. 그래서 웬만한 통화 소리는 제대로 귀만 기울인다면 제법 멀리서도 다 들을 수 있다. 이 특성은 조사 활동에 상당히 도움이 된다.

하지만 휴대폰으로 메시지나 이메일을 보내는 요즘의 소통 방식에는 어찌할 도리가 없다. 시력은 그리 좋은 편이 아니다. 휴대폰 위에 올라간다면 읽을 수 있겠지만, 조사 중에 그런 짓을 했다가는 의심만 받을 뿐이다. 주위를 알짱거려 봐야 메시지를 볼 수는 없으니, 이렇게 되면 두 손 두 발 다 드는 수밖에 없다.

이번 의뢰인인 도고 후미 씨의 남편, 도고 유지도 아까부터 계속 휴대폰을 만지작거리며 메시지를 주고받고 있다. 쓸데없이 실실 웃는 걸 보니 상대는 불륜 상대인 네즈 아스카일 것이다.

도고 유지는 올해 마흔 살이 되는 아내 후미보다도 몇

살 위인데, 애인인 아스카는 아직 삼십 대라고 했다.

'실실 쪼개지 마!'

나는 유지의 바짓가랑이에 달려들어 할퀴어버리고 싶은 마음을 간신히 눌러가며 미행을 계속했다.

'이건 완전히 불륜 전문 흥신소 꼴이군.'

지겨워서 하품이 나왔지만, 이것도 일이니 어쩔 수 없다. 나는 머리를 부르르 흔들며 다시 마음을 다잡았다.

3

이번 임무는 다른 고양이 배달부가 하다가 넘긴 일이었다.

어느 정도 조사를 진행했지만, 도저히 해결되지 않아 내게로 넘어왔다.

나도 마침 두 번째 임무를 끝낸 뒤라 조금 시간이 비어 있었고, 앞서 어느 정도 진행된 안건이니 쉽게 끝날 줄 알았다. 그래서 기꺼이 받아들인 건데, 이게 보통 수단으로는 안 되는 일이었다. 일찌감치 벽에 부딪혀 버렸다.

니지코 씨의 설명에 따르면 의뢰 내용과 지금까지의 진

행 상황은 대략 이러했다.

의뢰인인 후미 씨는 남편 유지와 결혼한 지 10년째다. 그리고 두 사람 사이에 아이는 없다. 남편 유지가 불륜 상대인 아스카와 일 관계로 알게 된 건 1년 전이다. 하지만 가정을 버릴 생각은 없는지 겉보기에 부부관계에는 문제가 없어 보였다.

"겉보기란 건 또 뭐야."

니지코 씨가 말하는 도중에 내가 끼어들었다.

"그런 식으로 풍파를 일으키지 않고 살아가는 게 인간인 거야."

니지코 씨마저 알 수 없는 말을 했다. 내가 생각하는 '서로 양보하고 다가가기'와 '풍파를 일으키지 않기'는 비슷한 듯 보이지만 전혀 다르다. 뭐, 지금은 임무 중이니까 내 지론을 떠들 때가 아니다.

후미 씨가 젊은 시절을 떠올린 것은, 그럼에도 견디기 힘든 나날이 이어지고 있었기 때문일 터다.

후미 씨가 아직 이십 대였을 때.

그 무렵 후미 씨는 신인 가수였다. 대학생 때부터 기획사에 데모 테이프를 보내거나 오디션에 참가하기도 했다.

덕분에 작은 연예 기획사의 눈에 들었다. 데뷔곡은 심야에 방송되는 애니메이션의 주제곡으로 결정되었다. 그럭저럭 좋은 출발이었다.

당시 사귀던 남자친구인 혼마 와타루는 그런 그녀를 응원하고 지지해 주었다. 그는 대학생 시절 세미나 동료였다.

하지만 후미 씨는 신인 가수였다. 금지까지는 아니더라도 공개적인 연애는 불가능했다. 후미 씨의 일이 잘 풀릴수록 어쩔 수 없이 두 사람의 거리는 멀어졌다.

후미 씨는 점점 일로 만난 사람과 함께 시간을 보내는 경우가 많아졌다. 레코드 회사의 사원이었던 지금의 남편 도고 유지와 가까워진 건 어쩔 수 없는 일이었는지도 모른다.

하지만 젊다는 이유만으로 대접받던 시절은 순식간에 지나갔다.

후미 씨는 다섯 장의 싱글 앨범과 한 장의 정식 앨범을 발매한 후 기획사에서 해고되었다. 마지막 포상이라도 주듯 은퇴 기념 앨범을 제작해 주었지만, 그마저도 그다지 성공을 거두지 못했다.

후미는 은퇴 후 얼마 지나지 않아 그 마지막 앨범의 홍보 담당이었던 유지와 결혼했다.

생각해 보면 후미가 결혼을 선택한 건 앨범이 흥행에 실패한 것을 속죄하려는 마음 때문이었는지도 모른다. 애초에 행복한 결혼 생활이 이어질 수가 없었다.

"그때 와타루와 헤어지지 않고 함께했으면 내 인생은 어땠을까."

우연히 들렀던 카페 퐁에서 후미 씨는 만나고 싶은 사람을 적는 엽서에 '대학생 때 사귀었던 옛 애인'이라고 쓰고는, 선택하지 않은 길 위에 선 자신의 모습을 상상해 보았다.

4

"인생은 선택의 연속이야."

이번 의뢰에 대한 설명을 마치고서 니지코 씨가 덧붙였다.

"물론 자신의 의지와 무관하게 무언가를 선택할 수밖에 없는 경우도 있지만, 그러고 나서도 선택하지 않은 길을 아쉬워하는 법이지."

"그거네. 남의 떡이 커 보인다."

나는 아는 척 끼어들었다. 이 일을 시작한 후 인간의 그런 묘한 습성이나 버릇이 신경 쓰이기 시작했다.

"남의 떡이 커 보인다는 건 다른 사람이 부럽다는 의미인데, 완전히 틀린 말은 아니네."

그러나 나는 도저히 이해가 되지 않았다.

"하지만 선택한 길이 옳다고 믿고 걸어가는 수밖에 없지 않아? 두 가지를 다 선택할 수 있는 게 아니라면."

딱딱한 건식 사료와 습식 사료. 물론 둘 다 먹을 수 있다면 최고다. 하지만 그러면 나중에 토하게 되고 속이 안 좋아진다. 그렇다면 그 순간에 먹고 싶은 것을 고르면 된다. 그때그때 자신의 기분에 따라 정직하게 선택한다. 그러면 되는 거 아닐까. 지금 이 순간을 소중하게 여기지 않으면 어떡하잔 말인가.

나는 미치루와 보냈던 더없이 소중한 시간을 떠올렸다. 끈에 매달린 쥐 인형 장난감을 갖고 놀기도 하고, 냉장고 위로 뛰어 올라가 놀라게도 하고, 미치루 옆구리에 파고들어 잠들기도 하고. 그 순간순간이 전부 행복했다. 그렇게 단언할 수 있어서 지금 이쪽 세계에서도 충만한 마음으로 지낼 수 있는 거라고 생각한다.

"인간은 너무 복잡하게 생각해. 세상은 훨씬 단순한데."

나는 답답한 심정으로 말했다.

"맞아. 후회는 참 쓸데없는 감정이지."

그렇게 말하는 니지코 씨의 표정이 어쩐지 쓸쓸해 보여서 나는 조금 놀랐다.

5

카페 퐁에는 '당신이 만나고 싶은 사람은 누구입니까?'에 대한 답을 적는 엽서가 있다. 물론 엽서에 적힌 모든 사람을 만나게 해줄 수는 없다. 니지코 씨가 먼저 '간절한' 엽서를 선택하면 고양이 배달부의 출동으로 이어진다. '실제로 만날 수 있는 상대라면 만나러 가면 된다'는 게 니지코씨의 선택 기준이다. 그래서 더더욱 이번 의뢰인에 대해서는 고개를 갸웃할 수밖에 없었다.

"후미 씨의 옛 애인인 혼마 와타루 씨는 만날 수 없는 상대야? 이미 파란 세계에 와버렸다거나."

파란 세계란 우리 사이의 전문용어로, 황천 그러니까 사후 세계를 뜻한다.

"아니, 초록 세계에서 건강하게 살고 있어."

니지코 씨가 고개를 저었다. 현세에서 살고 있다는 뜻이다.

"그럼 만나러 가면 되는 거 아냐? 니지코 씨도 늘 그렇게 말하잖아."

고양이 배달부 한 마리만으로 해낼 수 없는 업무까지 도맡을 필요는 없지 않냐고 반론하고 싶어졌다.

"처음에는 나도 그렇게 생각했지. 옛 애인을 만나고 싶다는 의뢰는 꽤 많거든. 그 요청을 전부 들어줬다가는 몸이 남아나질 않아. 너희 몸이."

맞는 말이다. 이어지는 가벼운 윙크에 반해 멍하니 보고 있는데 니지코 씨는 이번 의뢰를 받아들인 경위를 설명해 주었다.

의뢰인인 후미 씨는 어느 날 슈퍼마켓에서 감자 한 꾸러미를 집었다.

"가끔 보면 생산자의 얼굴 사진이 붙어 있기도 하잖아."

"아, 스티커를 붙이기도 하지. '제가 생산했습니다'라고 적혀 있기도 하고."

그런 신선식품은 미치루의 집에서도 본 적이 있고, 조사하려고 잠입한 집의 주방에서도 본 적이 있다.

"맞아. 그런데 우연하게도 거기에 옛 애인의 사진이 있었대."

"뭐? 그 사람 농부야?"

원래 고향이 그곳인지는 모르겠지만 여하튼 지금은 시골에서 농사를 짓고 있다는 사실을 알게 되었다고 한다.

"그래서 곧장 휴대폰으로 그 농장을 검색했더니 공식 사이트가 나왔대."

휴대폰이라는 말을 듣는 순간 혀를 차고 싶었지만, 간단한 조작으로 이렇게 만나고 싶은 사람을 찾아내는 편리함에 혀를 다시 밀어 넣는다.

"사이트에는 광대한 농장과 농작물에 대한 안내, 그리고 가족사진도 실려 있었다고 해."

농사만 하는 게 아니라 일반인에게 농장을 안내하거나, 체험도 할 수 있는 관광 농원을 겸하는 곳이었다고 한다. 이러한 정보는 앞서 이 임무를 진행했던 고양이 배달부가 조사해 둔 것이다. 그래서 후미 씨가 카페 퐁에 왔을 때 감자그라탱을 주문한 이유도 이해할 수 있었다고, 니지코 씨는 말했다.

"여기서 그라탱도 팔아?"

메뉴는 간단한 음료뿐이라고 멋대로 생각했었다.

"어? 몰랐어? 감자를 포슬포슬하게 삶고 화이트소스로 버무린 후 치즈를 얹어서 오븐에 구워. 얼마나 맛있다고!"

니지코 씨는 그렇게 자랑했지만, 화이트소스는 시판하는 상품을 썼을 게 분명하다. 그건 그렇다 치고. 나는 고개를 갸웃했다.

"근데, 거기까지 알아냈다면 작업은 거의 끝난 거 아냐?"

농장에 가서 와타루 씨에게 전하고 싶은 말을 들은 다음 의뢰인에게 전해주면 그만이다.

"그런데 말이지……."

니지코 씨가 먼 곳을 응시했다.

"옛 연인이라곤 하지만 와타루 씨는 지금 행복하게 살고 있어. 아내와 외동아들과 함께. 그런 사람에게서 어떻게 옛 애인에게 전할 말을 이끌어낼 수 있겠어. 가정이 있는 사람을 후미 씨가 막 만나러 갈 수도 없고."

"그럼 이렇게 하는 건 어때? 관광농원이면 아무나 출입할 수 있잖아. 그러니까 관광객인 척 섞이는 거야."

나는 명안을 내놓았다.

"그냥 만나기만 하면 되는 문제가 아닌걸. 멀리서 보기만 하면 그만이야? 그게 아니잖아."

"아, 그렇네."

나는 순순히 인정했다. 나도 미치루를 만나고 싶지만, 보기만 하면 된다는 것은 아니다. 내 마음을 충분히 전하고 싶다.

"게다가 후미 씨는 자신이 가장 빛나던 순간만을 기억해주길 원해. 꿈에 가득 차 반짝이던 시절의 자신을 와타루 씨가 추억으로 간직하길 바라는 거야."

그녀는 결국 그 사람이 아닌 가수의 길을 선택했다. 그런데 지금은 노래마저 그만두었다. 이제 와서 초라하게 시들어버린 자신을 보여줄 생각은 없다. 하지만 그때 헤어지지 않았다면 어떤 즐거운 미래가 자신을 기다리고 있었을까, 하는 생각도 그만둘 수 없는 것이다.

그래, 먼저 이 일을 담당했던 고양이가 왜 고전했는지 알겠어. 일을 맡기는 했지만, 실마리가 전혀 보이지 않는다.

나는 휴대폰에서 눈을 떼지 않고 걷는 남편 유지의 뒷모습을 지켜보며 한숨을 내쉬었다.

6

남편 뒤를 계속 쫓아봐야 새로운 정보가 나올 리 없었다. 그는 늘 그랬듯이 애인 아스카와 만나 고급 음식점에서 식사한 후 바닷가의 시티 호텔로 사라졌다. 유일하게 얻은 새로운 정보가 있다면 아스카가 신인 배우라는 사실 정도. 그녀가 데뷔한 영화에서 도고 유지는 음악 프로듀서를 맡았다.

"늘 가까이 있는 대상에게 손을 대는군."

고양이 세계에서도 손버릇 나쁜 고양이는 미움을 받는다. 그리고 그 버릇은 영원히 고쳐지지 않는다.

7

나는 조사 대상을 바꿔서 의뢰인인 후미를 관찰하기로 했다. 유지와 아스카를 지켜보자니 기분만 나빠져서 분위기 전환이 필요한 참이었다.

거주지는 전임 고양이가 알아냈다. 사유철도 변에 지어진 초고층 아파트의 21층이었다.

주변에는 고급 맨션과 저택이 즐비했다. 건너편의 공사 현장에는 집을 짓고 있는지 수많은 목재가 쌓여 있었다. 부지가 넓은 것으로 보아 상당히 큰 저택이 들어설 듯했다.

초고층 아파트 앞에 서서 꼭대기를 올려다보자 머리가 등에 닿을 듯이 젖혀졌다.

"엄청나네."

도고 유지는 음악업계에서 꽤 성공한 모양이다. 하지만 거리낌 없는 그 뒷모습을 보고 있자면 달려들어 물어버리고 싶은 충동을 느꼈다. 그때를 떠올리자 왠지 벌레 씹은 기분이 되어서 나는 앞발로 얼굴을 비볐다.

아파트에 잠입하는 것은 그리 어렵지 않다. 공동현관 옆 화단 언저리에서 대기하다가 입주자가 출입할 때를 노려 문이 열리는 순간 건물 안으로 들어가면 된다. 점프하면서 앞발을 이용하면 엘리베이터 버튼도 누를 수 있으니 사람이 없을 때를 기다리면 된다.

도중에 누군가가 엘리베이터를 타면 일이 좀 꼬이기는 하지만, 고양이가 있다고 해서 크게 놀라는 사람도 별로 없다. 가끔 오지랖 넓은 사람이 길 잃은 고양이라고 생각해서 관리인에게 데려갈 때도 있는데, 그때도 적당히 틈을 노려 도망치면 된다.

문제는 현관 앞에 도착한 다음이다.

아파트는 복도 쪽에 거실 창문을 내지 않는 경우가 많다. 그러니 현관문 앞에서 귀를 세우고 집 안의 동향을 살피는 수밖에 없는데, 혼자 사는 사람이거나 서로 대화를 하지 않으면 정보를 수집할 방법이 없다.

그래도 텔레비전 소리나 게임 소리 등으로 행동을 읽을 수는 있다.

첫 임무 이후 불발에 그친 일도 몇 번 있었지만, 이러한 노하우를 축적하는 데에 도움이 되었다.

나는 일단 입주자를 따라 건물 안으로 들어갈 타이밍부터 노리기로 하고 아파트 단지 안으로 들어갔다. 하지만 공동 현관 안쪽에서 관리인인 듯한 남자가 청소 도구를 늘어놓고 있었다.

"발각되면 골치 아파지는데."

나는 관리인이 자리를 뜰 때까지 기다리기로 했다.

후미 씨의 생김새는 이야기로 전해 들었다.

하지만 몸집이 크고 파마머리를 한 사십 대 여자는 수없이 많다. 이 아파트만 해도 아마 수백 명이 살고 있을 것이다. 그 정도의 정보만으로는 후미 씨를 특정하기 어렵다. 오늘도 몇 시간 동안 꽤 많은 사람이 출입했지만, 전혀 분간할 수 없었다.

니지코 씨는 가수 시절의 후미 씨 영상도 보여주었다. 인터넷으로 검색하면 앨범 재킷 사진을 볼 수도, 노래를 들을 수도 있다.

영상 속 후미 씨는 하얀 피부에 선이 가는 여자다. 노랫소리도 맑고 부드러워서 봄바람 같은 느낌이었다. 이런 배경음악을 틀어놓으면 숙면할 수 있겠다는 것이 내가 느낀 첫인상이었다. 그때 멀리서 자장가 비슷한 그 목소리가 진짜로 들려와 거의 잠에 빠져들려던 나는 화들짝 놀랐다.

황급히 고개를 들었지만, 후미 씨는 보이지 않았다. 목소리의 주인은 관리인과 이야기를 나누고 있는 여자였는데, 니지코 씨가 보여준 화면 속 여자와는 분위기가 너무 달랐다.

"파마머리에 몸집이 큰 건 맞는데."

가수 시절과 비교해 체중이 두 배, 아니 세 배는 늘어난 듯했다. 윤기 있던 머리카락도 푸석푸석해졌다. 화장이 두꺼워서 맨얼굴은 떠올리기도 힘들었다. 직업상 젊었을 때부터 계속해서 짙은 화장을 해온 탓에 피부가 거칠어졌을 것이다. 거친 피부를 가리려다 보니 화장이 점점 짙어졌을 것이고. 보고 있기 답답할 정도였다.

하지만 흘러나오는 목소리는 분명히 그 맑은 목소리였다. 나이가 들고 체형이 달라져도 목소리는 크게 변하지 않는다. 청력 하나는 자신 있다. 후미 씨가 분명하다.

후미 씨는 관리인과 날씨를 화제로 몇 마디 나눈 후 길가로 걸어갔다. 나는 앞발로 가볍게 얼굴을 씻고 눈곱을 뗀 후 미행을 시작했다.

슈퍼마켓을 나온 후미 씨는 깜박한 게 있는지 편의점에 들렀다. 슈퍼마켓도 편의점도 전부 동물이 침입하기 힘든 곳이다. 들키면 바로 쫓겨난다.

나는 하는 수 없이 바깥에 있는 산울타리 근처에서 기다리기로 했다. 주차장에 묶여 있던 개가 친근한 척 다가오려는 바람에 몸을 휙 돌렸다.

창문 너머로 편의점 안을 엿보니 후미 씨가 계산을 끝내고 밖으로 나오려다 갑자기 멈춰 서는 것이 보였다. 내가 있는 곳에서 아주 잘 보이는 위치였다. 후미 씨는 잡지 진열대 앞에 선 채 창문 쪽을 향해 잡지를 들고서 읽고 있었다.

창문 너머로 표지가 보였다. 큼지막한 글씨로 적혀 있는 《느긋한 시골 생활》이 잡지의 제목이겠지. 특집 제목은 '처음 짓는 농사'. 농부를 주제로 쓴 글이라고 해도 옛 연인인 와타루 씨가 실린 내용은 아닐 것이다. 그런데도 무심코 그런 기사에 눈길이 가는 모양이었다. 실제로 시골에 가서 농사를 지을 수 있는 처지도 아니면서. 후미 씨는 지금 다른 미래를 상상하면서 현실을 회피하고 있는 것 같았다.

물론 힘든 현실에서 눈을 돌리기 위해 공상에 빠지거나 다른 즐거움을 찾는 것은 나쁘지 않다. 오히려 좋은 일이라고 생각한다. 하지만 후미 씨에게는 좀 더 어울리는 무언가가 있을 것 같은 생각이 강하게 들었다.

"우선은 후미 씨에게 도움이 될 만한 말을 듣고 오는 게 급선무야."

나는 다음 통행증을 받기 위해 카페 퐁으로 향했다.

8

다리 기슭의 초소에서 카오스 고양이가 우아하게 털을 손질하고 있었다. 털갈이로 빠진 긴 털이 솜털처럼 떠다니고 있어서 나도 모르게 재채기를 해버렸다.

"오, 열심히 하는군. 오늘은 감자밭? 너도 참 여기저기 돌아다니는구나."

카오스 고양이는 니지코 씨가 써준 통행증을 보면서 호쾌하게 웃었다.

"이게 우리 일이니까."

솔직히 타인의 행복에 큰 관심은 없다. 그럼에도 임무를 해냈을 때의 상쾌한 기분은 말로 표현하기 힘들 만큼 좋다. 미치루의 아빠는 "퇴근 후의 맥주는 최고지" 하면서 냉장고에서 캔맥주를 꺼내고는 했는데, 그런 느낌과 비슷할 것이다.

게다가 의뢰인이 기뻐하는 모습을 보는 것도 나쁘지 않다. 그것이 보람 아니냐고 묻는다면, 거기까지는 잘 모르겠지만.

"이번이 몇 번째 임무지?"

카오스 고양이가 딱히 관심도 없다는 듯 물었다.

"세 번째. 어디까지나 성공했을 때의 얘기이긴 해."

내 대답이 끝나기도 전에 카오스 고양이는 이미 초소 안으로 들어가 통행증을 준비하고 있었다.

두 번째 임무까지는 의외로 순조롭게 풀렸다. 하지만 그 이후로는 좀처럼 진전이 없다. 그러고 보니 이전에 카페 퐁 앞에서 만났던 선배 고양이 스카이가 "회를 거듭할수록 어려워진다"라고 했었지.

이제 와타루 씨로부터 적당한 말을 끌어낼 수 있을지 없을지에 성공 여부가 달려 있다. 나는 흥분감에 몸을 부르르 떤 후 수염을 옆으로 팽팽히 당겼다.

9

내리막길로 된 다리 끝에는 드넓은 대지가 펼쳐져 있다. 청정한 공기 속에서 힘껏 기지개를 켜다가 고양이 한 마리와 눈이 마주쳤다.

녀석은 갈색 이동장 속에서 에메랄드빛의 눈동자를 크게 뜨고 나를 보고 있었다. 주인은 이동장과 함께 새빨간 여행용 트렁크를 끌면서, 어딘가를 찾고 있는지 지도를 펼쳤다.

"이 동네 살아?"

주인은 이동장 속 고양이에게 "잠깐만 기다려"라고 말한 뒤 온통 지도에만 집중했다. 녀석이 내게 말을 걸고 있는 것도 전혀 모르는 눈치였다.

"아니, 일 때문에 잠깐."

나는 이동장 속 턱시도 고양이에게 대답했다. 초록 세계의 고양이에게 어디까지 말해도 될지 몰라서 애매하게 얼버무렸는데, "혹시 고양이 배달부야?" 하고 되물어 와서 오히려 놀랐다. 아무래도 이 녀석 역시 특별한 사정이 있는 듯했다.

스치듯 짧은 대화였지만, 녀석의 이야기를 들을 수 있었다. 녀석은 전국 곳곳을 돌아다니며 이동식 카페를 하는 주인을 따라왔다고 했다.

이런 녀석은 지리에 관한 지식이나 방향감각이 뛰어날 테니 고양이 배달부를 하면 잘 어울리겠다고 생각했다. 하지만 지금은 아직 이쪽 세계에서 할 일이 많아 보이니, 파란 세계로 오려면 아직 멀었다.

게다가 녀석은 증조부의 혼을 데리고 있다고 했나.

그러고 보면 초록 세계에도 다양한 녀석들이 있다. 경계의 모호함을 새삼 깨닫게 된다. 마지막으로 드는 생각은 늘 한 가지다. 빨리 미치루를 만나고 싶다.

10

농장은 수확 철인 듯했다. 감자를 산처럼 쌓아 올린 트랙터가 밭 한가운데를 경쾌하게 이동하고 있었다. 농번기엔 관광객을 받지 않는지 외부인은 보이지 않았다.

"이제 점심 먹을까?"

발랄한 여자 목소리가 밭 건너편에서 들려왔다.

멜빵바지라고 하던가. 상의와 하의가 연결된 데님 팬츠에 하얀 면 티셔츠. 햇볕에 탄 피부는 멀리서도 알 수 있을 정도로 윤기가 흐르고 있었다. 화장기도 거의 없어 보였다. 후미 씨와 비슷한 나이일 텐데 이렇게나 다르다니, 놀라울 따름이었다.

옆에는 초등학생 정도로 보이는 남자아이가 엄마와 같은 스타일의 바지를 입고 손을 흔들고 있었다.

"오늘은 당신이 좋아하는 옥수수 크로켓이야!"

"오호! 좋은데."

트랙터에서 내린 남자가 두 손을 높이 쳐들고 두 사람에게 다가갔다.

"날씨도 좋은데 밖에서 먹을까?"

"찬성!"

포개지는 웃음소리를 들으면서 나는 '아, 이건 안 되겠는데' 하고 생각했다. 옛 애인에게 전할 말 따위는 도저히 물어볼 수도 없을 듯했다.

고생했을 전임자가 생각났다.

나는 아무 근거도 없이 낙관적으로 생각했었다. 이곳에 오면 무언가를 찾아낼 수 있지 않을까, 하고. 예컨대 그녀의 과거 음반이나 추억의 물건 같은 것을. 그리고 그녀를 위로할 말도 찾을 수 있으리라 생각했다. 하지만 아무리 봐도 이 가족에게 대학생 시절의 옛 애인이 끼어들 여지는 없어 보였다.

"이번 일은 무리야."

그래도 애써 농장까지 왔으니 조금 놀다 갈까, 하고 주변을 어슬렁거려 보았다. 생감자를 먹고 싶은 마음은 눈곱만큼도 없었고 감자 잎도 전혀 매혹적이지 않았다. 흙을 파고 있는 작은 벌레가 있길래 앞발로 잡아도 보았지만 그리 재밌지 않다. 고양이는 대체로 넓은 곳보다 좁은 곳을 좋아한다. 일찌감치 포기하고 돌아가려는데, 아버지와 아들의 대화 소리가 들려왔다. 내 귀가 민감하게 반응하며 쫑긋해졌다.

아내는 식후 차를 내오기 위해 자리를 뜨고 없었다.

"이렇게 울퉁불퉁한 게 맛있는 감자 맞지?"

아들이 아버지가 갓 수확해 온 감자를 보면서 물었다.

"그렇지. 자, 여기를 보렴."

남자는 밭에 쭈그려 앉아 열심히 설명했다.

"그리고 이건 곧 수확할 수 있는 거지?"

들뜬 목소리로 아들이 물었다.

"오호! 굉장한데. 정말 대단해."

남자가 몸까지 젖혀가며 웃었다.

나는 두 사람의 대화 속에서 후미 씨에게 전할 말을 골라 혼에 담으며 생각했다. 가족이란 참 좋은 거구나, 하고.

나와 미치루는 당연하게도 피가 섞이지 않았다. 하지만 아빠도 엄마도, 미치루도 나를 '가족'이라고 불러주었다. 생각해 보면 이상하지만, 이런 게 인연인 것이다.

와타루 씨의 아들도 언젠가 이 농장을 이어받겠지. 정성껏 키워서 수확한 감자는 멀리 떨어진 도시의 슈퍼마켓에 진열되어 사람들 손에 들려지고.

그 커다란 연쇄 작용이 굉장한 일처럼 여겨졌다. 이곳의 청정한 공기 때문인지, 삶의 방식이 좀 더 자유로워도 좋지 않을까 하는 생각도 해보았다. 어쩌면 인간은 자기들 멋대로 가능성을 좁힌 채 살고 있는 건지도 모르겠다.

11

초고층 맨션은 오늘도 파란 하늘을 찌를 듯 솟아 있었다. 어제도 그저께도 이곳에 왔다. 사실 거의 일주일 가까이 날마다 찾아오고 있었다.

후미 씨는 매일, 대체로 정오가 조금 지날 무렵에 맨션을 빠져나온다. 근처 슈퍼마켓 두 군데를 다니고, 가끔은 트럭이나 편의점에 들를 때도 있다.

내가 보기에 후미 씨는 물건을 살 때가 아니면 거의 외출하지 않는다.

일주일 동안 남편인 도고 유지의 모습은 한 번도 보지 못했다. 일 때문에 귀가가 늦는 것이거나 애인 집에 머무르거나, 아니면 이미 별거 중일 것이다.

하지만 단정할 수는 없다. 나 역시 내키는 대로 아침에 올 때도 있고 오후에 올 때도 있다. 너구나 배가 고프면 집에 가버리기 때문에 몇 시까지 있겠다는 규칙도 없다. 내가 없는 사이에 후미 씨나 도고 유지가 출입했을 가능성도 물론 있는 것이다.

건너편 공사 현장에서는 빠르게 집의 형태가 갖춰지고

있었다. 나는 목재가 쌓여 있는 구석에 숨어서 맨션을 엿보았다. 이 자리는 유난히 안정감이 들어서 무심코 오랜 시간을 보내게 되곤 했다.

하지만 이제 서두르지 않으면 혼의 신선도가 떨어지고 만다. 농장에 다녀온 지 벌써 열흘이 지났다. 내 기억력도 서서히 의심스러워지기 시작했다.

게다가 조사를 시작한 당시에도 후미 씨는 농장에 사는 자신을 상상하는 모습을 보였는데, 이제 그 '공상'이 하루하루 심화되고 있었다.

어느 날 나는 후미 씨가 들고 있던 슈퍼마켓 봉투 속에서 감자를 발견했다. 포장지를 보니 분명 와타루 씨의 농장에서 수확한 감자였다.

날이 갈수록 쇼핑 봉투는 크고 무거워졌다. 감자가 두 봉지로 늘었고, 다음 날에는 세 봉지가 되었다. 어제는 양손에 쇼핑 봉투가 들려 있었으니 감자가 일고여덟 봉지는 들었을 것이다.

그뿐만이 아니다. 사흘에 한 번꼴로 택배가 도착했다. 고양이 캐릭터를 사용하는 택배업체였는데, 그 업체는 우리 고양이들에 대한 이해가 상당히 깊다. 옆에 다가가면 수하물 목록표를 보여주거나 눈짓으로 아는 척을 해줄 때도 있다. 우리가 무슨 일을 하는지까지는 모르겠지만 어딘가 동업자라는 의식을 가지고 있는 건 아닐까. 적재함에 몰래 들어가도 못 본 척해주어서, 추적조사 중일 때는 특히 더 고맙다.

후미 씨에게 도착한 물건이 '혼마 농장'에서 왔음을 알게 된 것도 택배업자의 조력 덕분이었다. 짐을 내릴 때 다가갔더니 종이상자를 기울여 위에 붙은 송장을 볼 수 있게 해주었던 것이다. 그저 우연히 상자가 내 쪽으로 기울어진 것뿐일 수도 있지만, 나는 택배업자의 호의였다고 믿는다.

혼마 농장은 슈퍼마켓 납품뿐만 아니라 인터넷으로 주문을 받아 직배송도 하고 있었다. 후미 씨는 인터넷사이트에서 혼마 농장을 찾아내 부지런히 주문을 해왔다. 남편 이름으로 시키고 있으니 혼마 농장에서는 후미 씨가 주문한 사실을 모를 것이다.

후미 씨는 그저 조용히 외타루 씨를 시지하고 싶은 마음이었을지도 모르겠지만, 이제는 정상의 범주를 넘어섰다. 남편은 집에 오지 않고, 아이도 없다. 혼자서 소비할 수 있는 양이 아니다. 지금쯤 주방은 감자를 비롯한 갖가지 농산물로 넘쳐나고 있을 것이다.

"안 되겠는데."

나는 혀를 찼다.

이대로는 후미 씨가 위험하다. 서두르지 않으면 현실로 돌아올 수 없게 된다. 어서 와타루 씨의 말을 전해야겠다고 생각했다.

온종일 공사 현장에 머물면서 혼을 옮길 기회를 엿보았지만 좀처럼 적절한 순간이 찾아오지 않았다.

아파트 주민에게 혼을 맡겨볼까도 했지만, 후미 씨는 사교성이 없어서 이웃과의 대화가 없는 데다 관리인은 고양이를 싫어했다. 의지할 인간은 택배업자뿐이라고 생각했지만, 바빠서인지 통 꼬리를 닿게 해주지 않았다.

"오늘은 기필코."

그렇게 결심하고 왔건만 상황은 변한 게 없었다. 공사 현장에서는 목수가 만들어낸 톱밥이 날렸고 나는 솜털 같은 톱밥을 쫓아다니다가 그만 눈이 풀려버렸다.

"행운은 자면서 기다리라는 말도 있으니."

속담을 따라 잠자기 적당한 곳에 자리를 잡았다. 몸을 웅크리려 옆을 보았는데 커다란 판자가 기대어 세워져 있었다. 곧 사용하려고 따로 꺼내놓은 듯했다. 판자 한가운데엔 구멍이 뻥 뚫려 있었는데, 일부러 뚫은 게 아니라 목재를 반출할 때 생긴 구멍이었다.

구멍만 보면 무조건 몸을 밀어 넣는 습성은 나만 그런 것이 아니다. 고양이는 일단 머리만 들어가면 몸 전체를 넣을 수 있다. 뚱뚱한 고양이는 예외지만.

물론 날씬한 나에게는 여유롭다. 구멍 속으로 머리를 쑥 집어넣자 매끄럽게 몸이 따라 들어왔다. 조금 전까지의 졸음은 어딘가로 사라지고, 나는 시간 가는 것도 잊은 채 판자의 구멍을 오갔다.

그러던 중, 문득 도로 쪽을 보니 후미 씨가 맨션에서 나오는 모습이 보였다.

"지금 놀고 있을 때가 아니지."

빠르게 업무 모드로 바꾸려다 보니 조금 허둥댔다. 구멍을 빠져나올 때 몸이 잠깐 걸렸는데, 자세를 바꿔서 어렵지 않게 탈출할 수 있었다. 하지만 실수를 하고 말았다. 흥분했는지 어느새 꼬리가 두꺼워졌고 혼이 집중된 것이다. 그리고 구멍을 빠져나오는 순간, 판자에 꼬리 끝이 닿아버렸다.

혼은 인간뿐만 아니라 사물에 닿아도 옮겨진다.

나는 이렇게 아무 의미도 없는 나뭇조각에 혼을 맡겨버린 것이다. 이제 다 틀렸다. 한번 옮겨진 혼은 돌아오지 않는다. 다시 농장에 가서 혼을 담아 와야 한다. 나는 놀이에 정신이 팔렸던 자신을 탓하면서 길을 건너는 후미 씨를 그저 멍하니 바라보았다.

"거기, 벽판 가져와."

도편수가 지시했다.

"예엡!"

목수가 힘차게 대답하면서 조금 전까지 내가 가지고 놀았던 판자를 번쩍 들어 올렸다.

"아아, 저 널빤지에는 와타루 씨의 혼이……"

안타까웠지만 어찌할 도리가 없었다. 판자와 함께 혼도 옮겨지고 있다.

그 순간 후미 씨가 공사 현장 바로 앞을 지나갔다.

후미 씨가 널빤지를 건드려 준다면 혼이 전해지지 않을까. 그런 터무니없는 생각을 하고 있는데, 도편수가 널빤지를 보더니 말했다.

"뭐야, 이거. 옹이구멍투성이잖아. 널 똑 닮았네."

그는 목수를 나무라며 다른 판자를 가져오라고 지시했다.

"절 닮았다니 무슨 뜻입니까?"

목수가 머리를 긁적이며 물었다.

"'옹이구멍투성이'라고 못 들어봤어? 보는 눈이 없다고."

도편수의 거친 말투는 화를 내는 건지, 놀리는 건지 알 수 없었다.

혹시 두 사람의 대화로 무언가를 해결할 수 있지 않을까 하는 기대감에 나는 귀를 쫑긋 세웠다. 신호를 기다리는 후미 씨에게도 그들의 대화가 들리고 있을 것이다. 그 내용이 재미있는지, 아니면 무심코 건설 중인 집을 바라보는 것인지는 모르겠지만 후미 씨 역시 고개를 현장 쪽으로 향하고 있었다.

"감독님, 너무한 거 아닙니까? 제 눈은 옹이구멍이 아니라고요!"

"무슨 말이야?"

도편수가 황당해하며 물었다.

"보는 눈이 있다는 뜻이죠. 그러니까 감독님 밑에서 일하는 거 아닙니까. 이 사람 옆에서 일하면 틀림없이 훌륭한 목수가 될 수 있다고 판단했으니까요. 진심으로 존경합니다."

"아부할 시간 있으면 일이나 해!"

도편수가 위협하듯 장난스럽게 두 팔을 들어 올리는 바람에 나까지 깜짝 놀랐다.

"보는 눈은 있다니까요, 확실히."

목수는 웃으면서 앞쪽 길가에 있는 자재보관소로 향했다.

"무슨 뜻이야? 네가 유망주로 점찍은 사람은 전부 성공했다는 거냐?"

"성공했는지 아닌지는 모르겠지만, 분명 행복하게 살고 있다고 생각합니다."

"엄청난 자신감인데. 그럼 이 현장도 공사 기일에 맞춰 안전하게 끝난다는 말이지? 물론 훌륭한 집이어야 하고."

"기일을 맞출지는 모르겠지만요."

목수의 목소리가 갑자기 작아졌다.

부드러운 공기가 내 수염을 흔들었다. 감자밭에서 맡았던 것과 같은 냄새가 났다.

"어이, 잘하자고!"

밝은 웃음소리가 공사 현장을 감쌌다. 목수는 혼자 큰길가를 바라보며 다시 한번 또렷한 목소리로 중얼거렸다.

"지금도 분명 행복하게 살고 있을 거야. 내 눈은 옹이구멍이 아니니까."

그러고 나서 판자를 어깨에 올리고는 "오호!" 하고 몸을 젖히며 웃었다.

하지만 도편수는 목재를 선별하느라 목수의 목소리를 듣지 못했다. 그저 시원하게 울리는 도구 소리만이 가득했다.

목수의 "오호!" 하는 말버릇에 후미 씨가 눈을 크게 떴다. 신호등이 녹색 신호로 바뀌었음에도 길을 건너려고 하지 않고 멍하니 서 있었다.

농장에서 들었던 와타루 씨와 아들의 대화가 머릿속에 떠올랐다.

두 사람은 묘목 선별에 관해서 이야기했다.

"아빠가 좋은 묘목이라고 생각한 건 다 잘 자랐어?"

아들에게 아버지는 영웅이다.

"그럼. 아빠 눈은 옹이구멍이 아니거든. 보는 눈이 있지. 그러니까 저렇게 멋진 여자를 아내로 맞이한 거 아니겠어? 오호! 어떠냐?"

와타루 씨는 웃으면서 아내가 쟁반에 다기를 담아 집에서 나오는 모습을 바라보았다.

"이전에 만났던 사람들도 분명 행복하게 지내고 있을 거야. 그렇게 믿고 있어."

현장 옆 건물 유리창에 후미 씨의 얼굴이 비쳤다. 나이보다 늙어 보이는, 지친 표정이다. 후미 씨는 뺨에 오른손을 살짝 얹었다. 지칠 대로 지친 자신의 모습이 비참해서인지, 아니면 흐르는 눈물을 막기 위해서인지는 알 수 없었다.

유리창에는 지역 공고가 붙어 있었다. 근처 마을회관에서 개최되는 피아노 독주회 포스터였다. 후미 씨가 포스터의 글자를 눈으로 좇았다. 어쩌면 이 독주회를 계기로 지역 피아니스트와의 합동 공연이 성사될지도 모른다. 전직 가수이니 자택이나 공공시설에서 노래 교실을 열 수도 있을 것이다.

과거의 자신에게 부끄럽지 않은 삶의 방식을 찾아내서 스스로 걸어간다. 그러다 보면 남편과 헤어진다는 선택도 가능해질지 모른다. 과거가 부끄럽지 않은 현재와 미래를 위해.

하지만 어찌 됐든 그건 내가 관여할 일이 아니다. 분명 그녀가 스스로 찾아낼 것이다.

12

"정말이지, 덜렁이네. 그래도 이번 건은 모두 고전했던 안건이니까 무사히 끝낸 것만으로도 다행이지."

니지코 씨는 업무 보고를 듣고 난 후 세 번째 발 도장을
찍어주었다.

단, 니지코 씨에게 보고하지 않은 것이 하나 있다.

후미 씨의 아파트에서 카페 퐁으로 오기 전에, 나는 어
떤 건물에 들렀다. 남편 도고 유지가 일하고 있는 회사였
다. 그는 퇴근 후 늘 그랬듯 휴대폰을 만지작거리더니 역
시나 불륜 상대인 아스카와 만났다.

나는 두 사람 뒤를 따라가다가, 그들이 시티 호텔에 들
어가려는 순간 도고 유지의 고급스러운 정장 바지에 있는
힘껏 스프레이를 뿌렸다. 스프레이가 뭐냐고? 그러니까,
소변을 보았다는 말이다.

유지는 축축한 감촉에 놀라 멍하니 서 있었지만, 아스카
가 재빠르게 반응했다.

"자기야, 무슨 냄새가 나."

그러면서 의심스럽다는 듯 유지를 보았다.

"어? 그래?"

설마 자신이 냄새의 발생지라는 생각은 꿈에도 하지 않
았을 것이다.

아스카는 코를 쥐고 얼굴을 찡그렸다.

"어우, 냄새. 속이 다 울렁거리네. 오늘은 그냥 갈래."

아스카는 그렇게 내뱉고는 휙 돌아서서 도망치듯 뛰어
갔다. 유지는 아스카를 뒤쫓아가려고 했지만, 축축해진 바
지가 다리에 휘감기는 바람에 휘청거렸다.

근처의 산울타리에서 그 상황을 지켜보는데 정말 가관
이었다. 지금 생각해도 배꼽이 빠질 것만 같다.

13

고양이 배달부가 떠난 카페 퐁의 실내는 정적에 잠겨 있
었다.

니지코 씨는 혼자 식기를 정리하면서 하루를 되돌아보
았다.

"오늘도 모두 만나고 싶은 사람을 만났을까."

고용한 고양이 배달부들이 악전고투해가며 일해주고
있다. 신입이었던 후타도 조금씩 일을 배워가며 성장하는
모습을 보이고 있으니 관리자로서 기쁠 따름이다.

카페의 우편함에는 매일 수많은 엽서가 쌓인다. 그 엽서
들을 하나하나 읽고 고양이 배달부에게 임무를 전달하는

것이 니지코 씨의 일이다.

"얼마만큼 하면 용서받을 수 있을까."

그러다 보면 언젠가 자기 자신을 용서할 수 있는 날이 올까.

난로의 장작이 곧 꺼질 듯했다. 니지코 씨는 정리를 서둘렀다.

네 번째 임무

고양이 배달부,
운동장에서 바람을 느끼다

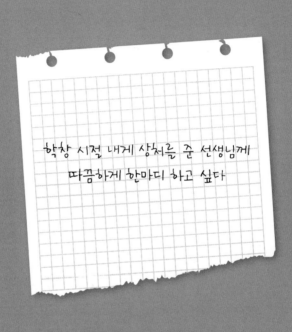

1

초등학교 교사인 오치아이 도오루는 자신이 담임을 맡은 5학년 1반 교단 앞 철제 의자에 앉아 있었다. 아이들이 하교한 교실에는 사람이 없어도 소란함의 여운 같은 것이 감돌았다.

와이셔츠 위에 걸친 니트 카디건엔 보풀이 일어 있으며 팔꿈치 언저리는 닳고 닳아서 얇아졌다. 신임 교사 시절부터 입어온 옷이니 그럴 만도 했다. 교사 생활도 곧 20년째가 된다. 오치아이는 마흔이 될 무렵부터 눈에 띄기 시작한 흰머리에 가볍게 손을 얹었다.

2

지금으로부터 2주 전의 일이다.

나는 카페 퐁 앞에서 선배 고양이인 스카이와 지루하게 시간을 보내고 있었다.

카페 퐁에 손님이 없어도, 영업시간에 들어가면 주인인 니지코 씨가 싫은 내색을 한다. 그래서 주로 카페 앞에서 낮잠을 자거나 가끔은 니지코 씨에게 용무가 있어서 찾아온 스카이와 장난을 치곤 했다.

스카이는 다섯 번째 임무를 완수하고 다행히 만나고 싶은 사람을 만난 듯했다. 요전에 봤을 때보다 털의 윤기가 훨씬 좋아진 걸 보면 혹시 스카이가 만나고 온 건 바닷가에 살아서 맛있는 생선을 주는 사람인지도 모른다. 여하튼 초록 세계에 있었을 때 친했던 사람일 것이다. 니야옹, 하는 행복한 울음소리를 들으면 그 정도는 바로 알 수 있다.

그날 스카이는 일단 임무 수료 인사를 하러 카페 퐁에 왔다고 했다.

"앞으로는 어떻게 할 거야? 계속 고양이 배달부 일을 할 생각이야?"

내가 물었다.

"당분간은 느긋하게 지낼 거야. 다음 일은 천천히 생각하고."

스카이는 제법 여유 있어 보였다. 나는 이참에 궁금했던 것을 물어보았다.

"근데 니지코 씨는 왜 이 일을 하는 거야?"

니지코 씨는 저쪽 세계인 현세, 즉 우리의 전문용어로는 초록 세계의 인간이다. 하지만 무슨 사정이 있는지 황천이라고 불리는 이쪽 세계, 그러니까 파란 세계와의 다리 역할을 하고 있다. 초록 세계의 사람이 원하는 상대를 만나게 해주는 것이다. 니지코 씨가 직접 움직이는 것은 아니고, 파란 세계에 사는 고양이를 고용해서 사람들의 소원을 이루어주도록 한다.

"니지코 씨는 뭔가를 참회하는 마음으로 이 일을 하는 것 같아. 예전에 키웠던 고양이에게 대한 미안함 때문인지, 이쪽 세계의 고양이들에게 조금이라도 도움이 되고 싶어서 우리를 고용한 거래."

스카이도 다른 고양이 배달부에게 전해 들은 이야기라고 했다.

"고양이는 키워주는 것만으로도 고마워하잖아. 무슨 일

이 있었는지는 몰라도 마음 쓸 필요는 없을 텐데."

"인간은 원래 쓸데없는 일로 고민하잖아. 괜한 일로 걱정할 시간에 현재를 마음껏 즐기면 좋을 텐데."

스카이는 그렇게 말하면서 앞발을 휙휙 흔들어 나를 공격했고, 나 역시 그 공격을 받아주었다. 놀이에 한창 흥이 오른 스카이는 조금 뒤로 물러났다가 나를 향해 돌진했다. 나도 지지 않고 스카이를 덮쳤다.

"크아앙 크앙."

프로레슬링과 비슷한 이런 격투 모습은 옆에서 보면 싸우는 것 같겠지만, 사실 당사자들은 즐겁기만 하다. 너무 신이 난 나머지 서로를 할퀴거나 상처를 입히기도 하지만 그까짓 것은 핥아주면 금방 낫는다.

오후 한때 실컷 몸을 움직인 우리는 만족스러운 기분이 되었다. 스카이는 어느새 그르렁그르렁하며 잠들어 있었다.

그렇다면 나도……. 몸을 동그랗게 말기 위해 자세를 잡고 있는데, 남자 두 명이 카페 퐁으로 이어지는 언덕길을 올라오는 모습이 시야에 들어왔다.

"카페 퐁이라. 프랑스어로 '다리'라는 뜻이지? 여기로 할까?"

그들은 잠깐 쉴 곳을 찾고 있었던 듯했다. '퐁'의 의미가 '다리'라는 사실은 처음 알았다. 스카이에게 알려주고 싶었지만 공교롭게도 그는 깊은 잠에 빠져 있었다.

두 남자는 이십 대 후반의 회사원다운 활발한 분위기를 지녔다. 간판을 읽은 남자는 약간 작은 체구에 면바지와 재킷 차림이었고, 다른 한 사람은 청바지에 터틀넥 스웨터를 입은 캐주얼한 차림이었다. 두 사람은 고개를 끄덕이며 카페로 들어갔다.

나는 밀려드는 졸음을 털어내고 조용히 카페 퐁의 창가로 다가갔다.

요전에 이런 식으로 영업이 끝나기를 기다리며 안의 상황도 살피지 않고 밖에서 놀다가 니지코 씨에게 꾸중을 들은 적이 있다. 그래서 이번에는 카페 안의 대화를 절대 놓치지 않겠다고 다짐했다. 나도 제법 성장했거든.

"어서 오세요."

니지코 씨가 손님을 맞이했다. 두 사람은 의자에 앉으면서 물었다.

"맥주 있습니까?"

나는 '아니, 없어'라고 대신 대답했다. 하지만 니지코 씨가 발랄한 목소리로 말했다.

"네, 있습니다."

카페 퐁에서 주류까지 취급한다니, 생각지도 못했다. 황당해하는 나와는 무관하게 카페 안에서는 유리잔에 맥주를 따르는 소리와 건배를 외치는 즐거운 목소리가 들려왔다.

"그런 곳에서는 전혀 취기가 오르지 않아."

재킷을 입은 남자의 목소리다.

"맞아. 한잔 더 하길 잘했어. 오자고 해줘서 고마워."

터틀넥 차림 남자의 말투가 무척 온화했다.

"근데 가와세가 아빠가 되었다니 정말 놀랐어."

"그러니까. 게다가 모가미도 완전히 딴판이던데?"

"그 녀석, 초등학교 때는 키가 작아서 늘 맨 앞에 앉았잖아. 삐쩍 말랐었고. 그런데 지금은 완전히 옷이 터지겠던데. 근육이 장난 아니야."

나는 대화를 들으면서 머릿속으로 정보를 정리했다.

두 사람은 초등학교 시절 친구이며 동창회에 다녀오는 길이다. 술도 부족하고 얘기도 더 나누고 싶어서 이곳에 들렀을 것이다.

"아, 난 사실 에미를 만날 수 있지 않을까 내심 기대했었는데."

"호시나 에미 말이지? 너 옛날부터 좋아했었잖아. 동창회에서 만나 연인으로 발전하는 케이스도 없지는 않지. 호소카와가 그러던데 에미는 오늘 근무였대."

"아쉽다. 만나고 싶었는데."

'만나고 싶다'라는 말에 수염이 쫑긋하고 반응했다. 그런데 나만 그런 것은 아닌 모양이었다.

"방금, 만나고 싶다고 하셨어요?"

니지코 씨의 목소리다.

"네. 저희는 초등학교 동창인데, 오늘 동창회가 있었거든요. 졸업하고 15년 만이었죠."

재킷 차림 남자가 설명했다.

"정말 즐거우셨겠어요."

니지코 씨의 목소리가 밝았다.

"하지만 이 녀석은 그 당시 좋아했던 애를 못 만났다고 아쉬워하고 있답니다."

터틀넥 차림 남자가 어이없다는 투로 말했다.

"그래서 만나고 싶다는 말을 했군요."

상황을 이해한 니지코 씨는 이어 '만나고 싶은 사람'을 적는 엽서를 소개했다.

"그러면 엽서에 '호시나 에미를 만나고 싶다'고 쓰면 정말 만나게 되는 건가요?"

재킷 차림 남자는 상기된 목소리로 물었다.

"만날 수도 있다는 얘기죠. 어디까지나 설문조사니까요. 게다가 손님이 만나고 싶은 그분은 마음만 먹으면 볼 수 있지 않나요?"

"아니, 그게, 갑자기 내가 만나러 가면 그것도 좀 그렇지 않나?"

재킷 차림 남자는 옆에 앉은 친구에게 도움을 요청했다.

"연락처는 호소카와에게 물어보면 되지 않겠어?"

"그야 그렇지만……."

"그렇게 우물쭈물하지 말고 만나고 싶으면 만나러 가세요."

니지코 씨가 무뚝뚝하게 말했다.

"후우."

그 말에 재킷 차림 남자는 낙심했는지, 아니면 실제로 만나는 것을 상상했다가 긴장해 버렸는지 한숨에 가까운 소리를 내뱉었다.

"그래도 역시 만나고 싶은 사람은……."

재킷 차림 남자는 그렇게 말하면서 엽서에 이름을 적었

다. 니지코 씨가 주방으로 들어가자 이번에는 터틀넥 차림 남자가 입을 열었다.

"나는 오치아이 선생님인데."

"담임? 좀 전에 만났잖아."

"사실, 난 오늘 그 자식을 찍소리 못하게 해주려고 온 거였어."

"오치아이 선생님을?"

"그래. 사실 난 초등학교 때 눈에 띄는 아이는 아니었잖아. 너랑은 자주 붙어 다녔지만."

"뭐, 공부를 잘했던 호소카와나 얼굴이 예뻤던 오노우에 같은 애들이 입김이 셌지. 사실 요즘 같으면 보호자가 가만있지 않겠지만 그때는 선생들이 몇몇 학생만 편애하는 걸 묵인하는 분위기였으니까."

"괴롭힘을 당했다거나 체벌이 있었던 것도 아니니 딱히 상관은 없어. 하지만 도저히 용서할 수 없는 일이 한 번 있었어."

그 일은 초등학교 6학년 2학기 때 일어났다고 한다. 당시 아이들은 대부분 지역의 공립중학교에 그대로 진학했지만, 부잣집이나 교육열이 높은 집에서는 아이들에게 사립중학교 시험을 치르게 하는 경우도 몇 있었다.

외모가 뛰어났던 오노우에도 그중 한 명이었다.

"난 성적은 중상위 정도였지만, 수학은 특히 잘했어."

"알아. 네가 숙제도 도와줬잖아."

"자주 도와줬지."

아하하, 하고 두 사람이 소리 내어 웃었다.

"그래서 다른 과목은 몰라도 수학은 한 번도 5점 밑으로 내려간 적이 없었어."

"대단한데. 5단계 평가였잖아? 우리 부모님은 기대도 안 해서 1점만 아니면 된다고 생각했는데."

"뭐? 너희 가업은 괜찮은 거냐?"

재킷 차림 남자는 가업으로 자동차 판매점을 물려받은 모양이었다. 외제 차를 취급해서인지 부유층 고객이 많고, 외국인도 많이 찾는다고 했다.

"6학년 2학기 성적이 수험 내신 성적이 되잖아. 그래서 아무래도 입시를 준비하는 애들에게 좋은 점수를 준다는 소문이 있었지."

"맞아. 나도 그런 소문을 들은 적이 있어."

실제로 그런 성적 조작이 이루어졌는지는 확실하지 않다. 하지만…….

"딱 그때 수학 성적이 4점으로 내려갔어. 시험도 평상시랑 똑같이 봤고 숙제를 빼먹은 적도 없었으니까 난 진짜 충격이었지. 그런데 성적표를 받은 오노우에가 신이 나 있었어. '선생님, 기뻐요'라며 아양을 떨면서 말이지. 그때 오치아이의 얼굴을 잊을 수가 없어. 자랑스러운 듯한, 학생을 사랑하는 선생님인 척하는 그 얼굴."

물론 진실은 알 수 없다. 자신이 생각했던 것보다 그 학기 성적이 실제로 좋지 않았는지도 모르지만 그래도 역시 분했다고, 그래서 나름대로 성공한 지금 선생의 콧대를 꺾어주고 싶은 마음이 있었다고 했다.

"지금의 넌 정말 대단하잖아. 난 친구로서 자랑스러워."

"고마워. 하지만 막상 만나고 보니 오치아이 그 인간은 내 존재조차 기억하지 못하더라. 콧대를 꺾기는커녕, 뭔가 맥이 빠져."

터틀넥 차림 남자는 건조한 웃음을 지었다.

"그래서 지금의 의식을 그대로 갖고 옛날로 돌아가서 그 인간을 만나고 싶은 거야."

"오, 그거 좋다. 마쓰시바 초등학교에서 근무하는 것 같던데. 그 학교에서 초등학생인 네가 오치아이를 말로 눌러버리는 거지? 통쾌하겠는데."

재킷 차림의 남자가 큰소리로 웃고는 주방 쪽을 바라보

왔다.

"그죠, 사장님?"

재킷 차림 남자는 조금 취했는지 혀 꼬인 목소리로 니지코 씨를 불렀다.

"그건 힘들겠는데요. 우린 타임머신이 없거든요."

대화를 듣고 있었는지 니지코 씨가 무뚝뚝하게 대꾸했다.

"그렇군. 아쉽네."

재킷 차림 남자는 분하다는 듯 동창의 어깨를 두드렸다.

"괴롭힘이니 학부모 갑질이니 교사의 폭행이니 하는 일들만큼 뉴스를 떠들썩하게 만들 일은 아니야. 하지만 이렇게 작은 일로도 상처받는 아이가 있다고. 게다가 존재조차 잊었다는게 억울해. 한순간만이라도 좋으니 그런 사실을 알아줬으면 하는 거야. 그렇게 같은 상처를 받는 아이들이 조금이라도 줄어들면 좋겠어."

"그래. 나도 부하 직원들을 농능하게 대하고 있었는지 다시 반성해야겠어."

"뭐야, 너 부하 직원이 그렇게 많아?"

놀림을 받자 재킷 차림 남자가 대답했다.

"부하 직원이라고 해도 아버지 대부터 있었던 사람들이 대부분이라 실제로는 선배야. 하지만 그걸 인정하면 왠지 무시당할 것 같았거든. 그런데 네 이야기를 듣고는 조금 생각이 바뀌었어."

"내일부터 새로운 마음으로!"

그는 그렇게 말하며 주먹을 들어 보였다.

"뭐, 나도 그때의 기억이 저항 정신을 키워줬으니까 오치아이에게는 감사하고 있어."

터틀넥 차림 남자는 그렇게 말하고 맥주잔을 비웠다.

3

"그래서, 어떻게 생각해?"

손님이 돌아간 후 니지코 씨가 맥주잔을 정리하면서 내게 물었다.

"아니, 첫사랑은 좀 아니지 않아? 만나고자 하는 마음만 있으면 만날 수도 있고."

재킷 차림 남자는 엽서에 실제로 그녀의 이름을 적으면서 '이 엽서를 썼는데도 아무런 응답이 없으면 그때는 직접 움직여 볼까'라고 중얼거렸을 정도니, 선정하지 않는 편이 그를 위해서도 나았다.

"그쪽 말고."

니지코 씨가 우편함의 엽서를 수납장 위에 펼치면서 말했다.

"담임 선생님을 만나고 싶다던 쪽? 하지만 타임머신은 없다고 니지코 씨도 말했잖아."

"물론 그렇지. 시간을 되돌리는 건 불가능해. 하지만 왠지 분하지 않아?"

그 말에는 동감이다. 아까 들었던 오치아이인가 하는 교사는 아이들을 위해서보다는 자신의 처세나 이익으로 움직이는 사람인 듯한 기분이 든다. 까닭 없이 밉다. 물론 이유가 아주 없지는 않지만.

"그러니까 그다음은 후타의 상상력으로 어떻게든 해봐."

"어떻게든 하라니 뭘……."

투덜대는 내 앞에 니지코 씨가 엽서를 내려놓았다.

엽서 앞면에는 의뢰인의 이름 '히로세 스스무'가, 뒷면에는 '마쓰시바 초등학교 교사 오치아이 도오루를 만나서 찍소리 못하게 하고 싶다'라고 적혀 있었다. 나는 엽서에 다가가서 코를 킁킁대며 냄새를 맡았다.

"어? 여기에 아직 그 사람의 기운이 남아 있는데?"

그 말에 니지코 씨가 고개를 들었다.

"그러면 그 엽서에 남은 히로세 씨의 혼을 가져가면 어떨까? 전하고 싶은 말은 똑똑히 들었으니까. 남은 기운만으로는 어려울 것 같아?"

"의뢰인 본인의 혼을 만나고 싶은 상대에게 가져가라는 뜻이야?"

"응, 그걸 누군가에게 맡기는 거야. 평상시와는 반대의 방식이 되겠지만."

가능할까. 나는 머릿속으로 시뮬레이션을 해보았다.

"하지만 그렇게 되면 의뢰인인 히로세 씨는 그 오치아이인가 하는 교사를 만날 수 없잖아."

"그렇게 되겠지. 그러니까 이번 건은 히로세 씨의 억울함을 풀어주고 싶은 우리가 독자적으로 하는 일. 본인은 모르게 하는 거지."

"히로세 씨 본인의 말이 아니어도 되는 건가?"

내가 확인하자, 니지코 씨가 고개를 크게 끄덕였다.

히로세 씨는 이미 사회적으로 크게 성공했고, 과거의 자신을 극복했으니까 걱정 없다는 것이 니지코 씨의 생각이었다. 그러니까 이 일은 어디까지나 니지코 씨와 나의 비공식 활동이다.

"여하튼 그 오치아이 선생을 설득해서 조금이라도 자신

을 되돌아보게 하면 돼."

임무를 맡겨서 안심했는지, 니지코 씨는 다시 남은 엽서를 확인하다가 얼마 후 "어라?" 하면서 손을 멈췄다. 눈을 동그랗게 뜨더니 쿡쿡쿡 웃었다.

"왜 그래? 뭐 재밌는 의뢰라도 있어?"

내가 보여달라고 조르자 "안 돼. 의뢰인의 프라이버시는 존중해야 해" 하며 엽서를 숨기고는 히죽거렸다.

"감추면 오히려 더 궁금하잖아."

고양이는 그런 존재다. 책장 뒤로 살짝 삐져나온 끈이나 돌돌 말려서 커튼 뒤에 떨어져 있는 영수증 같은 게 더없이 매력적으로 느껴지는 법이다. 투덜대는 나에게 니지코 씨가 말했다.

"후타는 자신의 임무에 집중해. 이번 건은 의뢰인 모르게 하는 일이지만, 안심해. 일은 일이니까 제대로 성공하면 발 도장을 찍어줄게."

그렇다면 흔쾌히 접수. 나는 그들의 담임이었던 오치아이 도오루를 조사하기 위해 마쓰시바 초등학교로 향했다.

4

다리 기슭에는 보초를 서는 카오스 고양이가 허무한 표정을 짓고 있었다. 내가 문 앞으로 다가가도 모르기에 어디 몸이라도 안 좋은 건가 싶어 말을 걸었다.

"어이."

"아, 고양이 배달부구나."

넉살 좋은 태도와는 어울리지 않게 통행증을 거칠게 받아 들면서 코를 훌쩍인다.

"왜 그래? 울었어?"

"시끄러워."

카오스 고양이는 그렇게 내뱉고는 입을 다물었다.

"무슨 일 있었어?"

내가 걱정스럽게 물었다.

"여기에 있으면 별별 놈들을 다 만나잖아."

이곳은 저쪽 세상과 이쪽 세상의 경계고, 오가는 사람들을 감시하는 일이 그의 역할이니.

"그러다 보면 온갖 인간상이라고 해야 하나? 그런 것들을 보게 돼. 꽤 재밌어."

그는 두툼한 앞발로 의외로 민첩하게 귀 뒤를 긁었다.

"그래서, 오늘은 초등학교야? 아이에게 전언해 달라는 의뢰인가?"

업무 모드로 돌아온 카오스 고양이는 니지코 씨가 써준 자필 통행증을 살펴보았다.

"아니야. 만나고 싶은 사람은 교사인데 좀 사정이 복잡해."

고양이 배달부에겐 비밀엄수 의무가 있다. 보초라고 해도 상세한 내용은 가르쳐줄 수 없다.

"이번에 성공하면 몇 번째지?"

"네 번."

"벌써 그렇게 됐나? 결승점이 얼마 안 남았네."

마치 제자를 지켜보는 코치나 감독 같은 표정이었다.

"넌 만나고 싶은 사람 없어?"

나는 오래간만에 대화가 이어진 김에 기세를 몰아서 평소에 궁금했던 것을 물어보았다.

"나는 천애고아의 몸이야. 너희 같은 응석받이들과는 달리 평생 길냥이로 살았으니까. 살아남기 위해서 나쁜 짓도 많이 저질렀지."

비를 피하고 추위를 버티는 길고양이의 삶은 내 상상을 초월하겠지. 내가 입을 꾹 다물고 있자 카오스 고양이가 말했다.

"대신 자유롭게 살 수 있었어. 동정하지 마."

카오스 고양이가 힐끗 노려보는 바람에 아주 조금 겁을
먹었다.

카오스 고양이는 기억을 되살리듯 이야기를 이어갔다.

"한때 아지트로 삼았던 곳이 있었어. 하지만 그 집 꼬맹
이들이 꺅꺅대는 소리가 시끄러웠지."

아이들 목소리에 진저리 치는 것은 충분히 이해한다.

"하지만 날마다 저녁이면 누군가가 사료를 놓아줬어. 그
래서 나도 무심코 정착해 버렸지."

"동네 고양이라고 부르면서 사람들이 같이 키워주기도
한다던데, 그런 거야?"

미치루가 살던 곳 주변에서도 그런 고양이들을 만난 적
이 있다.

"아니, 잘 몰라. 출신 같은 건 알 바 아니고. 우리는 사료
만 먹으면 그만이니까."

그런데 어느 날, 평상시처럼 사료가 놓이는 곳으로 갔는
데 아무것도 없었다고 한다.

"그래서. 그냥 참았어?"

"우리는 길냥이 주제에 어느새 때가 되면 밥을 먹는 것

에 익숙해져 버렸던 거야. 고양이는 원래 인내심이 없잖아.
배가 고파 견딜 수가 없었던 나는 먹이를 찾아 다른 곳으
로 이동했어. 그렇게 아지트를 떠난 거지."

카오스 고양이는 담담하게 이야기를 이어갔다.

"그런 건 흔히 있는 일이야."

"힘들었겠다."

나도 모르게 그런 말이 나와버렸다.

"내가 동정하지 말랬지. 우리는 원래 일정한 곳에 머무
는 걸 좋아하지 않는다니까."

센 척하는 건지 아닌지 알 수 없었다.

"하지만 나중에 알게 됐는데……."

일대를 순찰하던 동료 고양이에게 들었다고 했다.

"그 집의 가족인지 이웃인지는 모르지만 치사하게도 누
군가가 동물보호소에 신고했고, 그날 보호소 인간들이 올
예정이었던 거야."

"그러면……."

"응, 끌려가서 살처분되는 거지."

거침없이 내뱉는 말에 내 심장 박동이 빨라졌다.

"그럼 재빨리 단념하고 다른 곳으로 이동하길 잘한 거
였네."

"그렇지. 사실은 그 시끄러운 꼬맹이가 상황을 미리 알고서 사료를 치운 거래. 내가 그곳에 오지 않게 하려고."

보호소 인간이 미끼로 놓아둔 사료가 사라지는 바람에 주변이 시끄러워졌던 모양이었다.

아이들은 까마귀가 사료를 어딘가로 가져갔다고 했고, 화가 난 부모님들은 까마귀 퇴치용 망을 설치했다고 한다.

"까마귀에게는 미안하지. 하지만 그 녀석들도 나쁜 짓을 꽤 하니까 가끔은 혼나도 돼."

카오스 고양이는 멋쩍음을 감추려는 듯 그런 말을 덧붙인 후 다시 한번 코를 훌쩍였다.

"그래서 사실은 그 꼬맹이를 만나봐도 좋겠다는 생각을 가끔 해."

"그럴 때는 내게 전언을 부탁해."

"응, 언젠가 부탁할지도 모르지. 꼬맹이도 이미 어엿한 어른이 되었을 텐데."

카오스 고양이는 먼 곳을 응시하면서 살며시 웃었다.

응석받이로 자란 오노우에 씨와 자신의 힘으로 박차고 올라가 사장이 된 히로세 씨. 어느 한쪽의 삶이 옳다는 것은 아니다. 하지만 '그까짓 것' 하며 용감하게 달려온 히로세 씨가 내게는 더 아름답게 보인다.

좌절이 없었던 인간과 실패나 후회를 경험하고 기억하는 인간. 티끌 하나 없는 아름다움을 이길 수는 없다고 하지만, 상처를 극복한 인간에게는 그 이상의 강인함이 있다.

오치아이 도오루도 그런 교사였다면 모든 아이의 존경을 받았을 텐데.

나는 카오스 고양이의 등에 남은 상처를 바라보면서 그렇게 생각했다.

5

마쓰시바 초등학교는 전교생이 5백 명 정도 되는 보통 규모의 학교였다.

오치아이 도오루가 담임을 맡은 학급은 쉽게 찾을 수 있었다. 현관 신발장 앞에 학교 안내도가 걸려 있는데, 그곳에 담임교사의 이름도 적혀 있었기 때문이다.

위층이었다면 베란다로 이동해서 엿보는 수밖에 없겠다고 생각했는데 다행히 오치아이가 담당하는 5학년 1반은 운동장 쪽에 있는 1층 교실이었다. 나는 등을 힘껏 펴서 창가에 앞발을 걸쳤다.

교실에 있는 학생들은 어림잡아 서른 명 정도였다. 오치아이는 칠판 앞에서 교과서를 보고 있었다. 학생 중 한 명이 손을 들고 일어났다. 질문에 대답하는 것이 아니라, 소리 내어 교과서를 읽었다. 아마도 국어 시간인 듯했다.

몇 쪽인가를 읽고 나자 오치아이가 끼어들었다.

"좋아, 거기까지. 다음은 누구?"

서 있던 학생이 자리에 앉자 맨 앞줄에 앉은 학생이 힘차게 손을 들었다.

"다른 사람은 없어?"

오치아이는 노골적으로 귀찮다는 표정을 지으며 맨 앞줄의 학생에게 턱짓했다.

"그럼 어쩔 수 없지. 미쓰이."

"네."

학생은 씩씩하게 일어나서 교과서를 읽었다. 한 글자 한 글자 정성껏 읽어가고 있는데 오치아이는 그 속도가 마음에 들지 않는 모양이었다. 입을 일그러뜨리며 "좀 더 매끄럽게 못 읽어?" 하더니 "됐어, 거기까지" 하고 중지시켰다. 그리고 과장되게 한숨을 내쉬었다.

"시간 없어. 다음은 사쿠라이가 읽어줄래?"

오치아이의 목소리가 확연하게 바뀌었다. 지명된 학생은 긴 머리를 하나로 묶고 교실 정중앙 자리에 앉아 있었다. 학생은 곧바로 일어나더니 담담하게 책을 읽었다. 오치아이가 만족스럽게 고개를 끄덕이는데 마침 종이 쳤다.

나는 의뢰인 히로세의 혼을 맡길 대상을 물색하느라 고심하고 있었다. 학생 중에서 고르려고 했지만 모두 수업이 끝나자마자 교실을 떠나 운동장으로 흩어졌다. 담임교사와 이야기를 나누게 할 시간이 없었다.

수업 중에 전달하는 것도 부자연스러울 수 있다. 급식시간을 노려보았지만, 여럿이 모여서 급식을 먹는 바람에 내가 있을 곳이 마땅치 않았다.

그리고 무엇보다 이 오치아이라는 인물이 상당히 버거운 상대였다. 그렇다고 대찬 성격이라거나 보통 수단으로 안 되는 강자라는 뜻은 아니다. 간교한 인간이라는 표현이 맞을지는 모르겠지만, 적어도 내 곁에는 두기 싫은 타입이다. 몇 마디 말로 반성할 것 같지도 않았다.

찍소리 못하게 해주려면 조수가 필요하다.

내가 이 궁리 저 궁리에 빠져 있는 동안 점심시간이 끝났다.

오후 수업은 미술 시간이었다. 두 시간짜리 수업이었는데, 오늘은 두 달 가까이 해왔던 수채화 작품 제출일이라고 오치아이가 수업을 시작하면서 말했다.

국어 수업 때 다뤘던 미야자와 겐지의 소설 속 세계관을 각자 자유롭게 그림으로 표현하는 수업이었다. 최근에는 교과 과목을 독자적으로 정하지 않고 이렇게 창의적인 융합형으로 구성하는 경우가 늘고 있다. 교육위원회의 요청을 따르는 듯했다.

수업이 끝나자 아이들이 제출한 그림이 한군데에 쌓였다. 오치아이는 그 그림들을 두 손으로 들어 올려 교단 책상 위에 세로로 두세 번 툭툭 내리쳤다. 그러자 흐트러져 있던 그림들이 가지런하게 정리됐다. 제출할 때는 뒷자리부터 차례차례 앞쪽으로 전달했을 것이다. 가장 위에 있는 도화지에는 밤하늘에 빛나는 별이 가득한 풍경이 그려져 있었다. 아마도 맨 앞에 앉은 아이의 그림일 것이다. 물감이 채 마르지 않았는지 도화지가 살짝 울었지만, 오치아이는 신경도 쓰지 않았다.

오치아이는 가지런하게 정리된 도화지 뭉치를 거침없이 그대로 뒤집었다. 뒷면에는 출석번호와 이름이 연필로 적혀 있었다. 오치아이가 쓰라고 지시했겠지.

오치아이는 이름을 보면서 도화지를 한 장 한 장 책상 오른쪽에 놓았다. 그리고 몇 장은 따로 그 위에 두었다. 한 반의 학생 수는 서른 명 내외다. 뒷면의 이름을 전부 확인하고 나자 오른쪽 위엔 예닐곱 장 정도의 도화지가 남겨졌다. 오치아이는 그 몇 장의 도화지를 뒤집어서 이번에는 그림을 보았다. 오른쪽 아래쪽에 놓인 스무 장 이상의 그림들에는 눈길 한 번 주지 않고 준비해 온 봉투에 거칠게 밀어 넣었다.

그림이 아닌 이름으로 선별했다. 일곱 장의 도화지에 적힌 이름은 이전에도 빼어난 그림을 그렸거나, 성적이 뛰어나거나, 그도 아니면 그저 오치아이의 마음에 든 학생들일 것이었다. 여하튼 오치아이가 눈여겨보고 있는 몇 명이겠지.

아이들에게는 죄가 없다. 우연히 교사의 마음에 들었거나, 본인의 노력과 재능으로 좋은 성적을 냈을 뿐이다. 하지만 선택받지 못한 학생들은 어떻게 생각할까. 열심히 노력해서 이번에는 좋은 그림을 그렸건 소설의 세계관을 훌륭하게 표현해냈건 간에 오치아이에게는 '그냥 어쩌다'일 뿐이고, 그 희박한 성공률을 굳이 평가할 필요는 없는 것이다.

'너무하는군.'

나는 분노를 넘어 황당함을 느꼈다.

6

갑자기 교실 문이 드르륵 하고 열렸다.

그때 오치아이는 일곱 장의 그림 중에서 한 장을 골라 일어서려던 참이었다. 문을 연 사람은 5학년 2반 담임인 가사이 히로토. 부임한 지 5년째인 젊은 교사다.

"아, 오치아이 선생님. 교실에 계셨군요. 다음 주 조례 당번 건으로 유카와 선생님이 찾으십니다."

전교생을 대상으로 매주 월요일 아침마다 열리는 조례는 교사들이 차례대로 돌아가며 주도하고 있었다.

"그렇습니까. 방금 그림 채점이 끝났으니 동아리 활동 시작 전에 교무실로 가겠습니다."

오치아이가 고문을 맡은 영어 스피치 동아리방은 교무실과 같은 층에 있다. 동아리 회원은 스무 명 남짓인데, 성적도 우수하고 성격에도 문제가 없는 학생들로만 구성되어 있었다. 오치아이가 평생의 사업으로 생각할 정도로 보람을 느끼는 일이기도 했다.

오치아이는 대학교에서 국문학을 전공했지만, 친구가 소속되어 있던 '잉글리시 프레젠테이션' 동아리를 드나들다가 스피치의 재미에 빠졌다. 거의 독학으로 영어 회화를 익힌 끝에 실력을 인정받아, 초등학교 교사가 된 지금도 영어와 관련된 동아리 활동과 교육을 많이 맡곤 했다.

오치아이는 시계를 힐끗 보면서 도화지 뭉치를 정리했다.

"미야자와 겐지의 세계관이 주제였죠? 어땠습니까?"

가사이가 흥미롭다는 듯 물었다.

"글을 그림으로 표현하는 데에 익숙해지느라 꽤 시간이 걸렸죠. 결국 전원이 제출하기까지 만 두 달이 걸렸습니다."

오치아이가 고개를 절레절레 흔들더니 한숨을 쉬었다.

"좀 더 쉬운 커리큘럼으로 할 수는 없을까요. 예전처럼 인물화라든가, 구체적인 주제를 정해주지 않으면 괜히 시간만 잡아먹을 뿐이네요."

오치아이가 희끗희끗한 머리를 긁으며 말하자, 가사이가 눈을 크게 떴다.

"하지만 재미있잖아요. 아이들 머릿속이 어떤지 엿보는 것 같고."

가사이는 웃으면서 다시 말을 이었다.

"1반 아이들이 어떤 그림을 그렸는지 봐도 될까요? 우리 반에서 할 때 참고했으면 해서요."

"그러시죠."

이미 선정도 끝냈겠다, 오치아이는 그림을 봉투째로 가사이에게 넘겼다. 가사이는 그 자리에서 도화지를 펼치고는 감탄사를 연발하며 한 장 한 장 꼼꼼하게 살펴보았다.

"이건 발상이 꽤 독특한데."

가사이의 혼잣말에 오치아이도 그림을 힐끗 쳐다보았다. 파란색 그러데이션으로 도화지 위쪽 절반은 하늘, 아래쪽 절반은 물속을 표현한 그림이었다. 오치아이가 선택한 일곱 장에는 포함되어 있지 않은 그림이었다. 그래서 이 그림을 보는 것은 지금이 처음이었다.

"그거, 누구 거죠?"

오치아이의 질문에 가사이가 그림을 뒤집었다.

"다카이 린이네요. 그렇구나, 그 녀석이 이런 그림을 그렸어."

다카이는 집안 사정이 복잡한지 결석이 잦은 아이였다. 할아버지를 간호하는 중이라고 들었다. 아이에게 무리한 학습은 시키지 말라는 교장 선생님의 지시도 있는 만큼 성적이 오르지 않아도 그냥 내버려두었다. 문제아도 아니고 얌전한 부류여서 눈에 띄는 일도 없었다. 오치아이가 판단하기로는 그저 평범한 아이일 뿐, 딱히 무언가에 뛰어난 재능이 있는 것 같지도 않았다.

가사이가 칭찬하는 이 그림도 구도는 독특하지만 순수함이 없어서 그리 대단해 보이지는 않았다. 가사이는 젊어서 독특함을 중요하게 여기는 것이겠지만, 이 일을 계속하다 보면 그런 건 '어쩌다 한번'일 뿐이라는 사실을 깨닫게 될 것이다.

"오, 이것도 좋은데."

가사이가 빨려들어 갈 듯 바라보고 있는 그림 역시 자신이 뽑은 일곱 장에 포함되지 않은 그림이다.

"색감이 아주 좋네. 그렇지 않습니까?"

오치아이는 도화지 귀퉁이를 뒤집어 이름을 확인했다. 미타 하루카는 반에서 겉도는 아이로, 쉬는 시간이면 늘 도서관에서 빌린 책을 펼쳐놓고 있었다. 다행히 따돌림으로 발전하지는 않은 듯했지만 늘 어두운 표정이어서 솔직히 오치아이도 대하기 껄끄러웠다.

"하지만 밤하늘인데 이런 색은 이상하지 않나요?"

온통 산호 같은 분홍색에 오렌지색과 노란색이 군데군

데 섞여 있었다.

"겐지의 심상을 풍경으로 그린 것이 아닐까요."

가사이는 넋을 잃은 채 그림을 보고 있었다.

"그렇게까지 좋은 그림이라는 생각은 안 듭니다. 개성이 너무 강해서 호불호가 갈릴 것 같기도 하고."

"하지만 이런 그림을 그리는 아이가 나중에 어떤 직업을 갖게 될지 상상하면 가슴이 두근거립니다."

아니, 미안한 말이지만 다카이도 미타도 자유롭게 직업을 선택할 수는 없을 것이다. 그건 극히 몇 안 되는, 우수하고 윤택한 환경을 타고난 아이만이 가능한 일이다.

"협동심을 더 보여줬으면 좋겠다는 생각은 합니다만."

학교는 아이들이 순조롭게 살아갈 수 있도록 인간관계의 기초를 닦는 곳이다. 솔선해서 반 친구들을 하나로 모으는 몇몇 아이들의 얼굴이 떠오른다. 그들이야말로 즐거운 미래를 보내게 될 것이다. 학생회장이나 학급위원 같은 역할과 성적은 그들을 평가하기 가장 쉬운 잣대다.

하지만 가사이는 미타의 그림에서 눈을 떼지 못했다.

"앞으로 뭐든 선택할 수 있는 미래가 기다리고 있다니 부럽기도 하고, 그 일에 조금이라도 도움이 된다면 교사로서의 보람을 느낄 수 있을 것 같습니다."

가사이의 유치함에, 오치아이는 무심코 코웃음을 치고
말았다.

오치아이가 교무실에 들어가자 지도교사인 유카와가
기다리고 있었다.

"조례 당번 안건 때문에 찾으셨다고요. 기다리게 해서
죄송합니다. 2반 담임인 가사이 선생이 아이들 그림을 보
고 싶다고 하셔서요."

이미 우수작은 정했다. 이상한 그림만 칭찬하던 가사이
는 그리 정상적인 사람이 아닌 듯하다. 경험이 부족하니
보는 눈이 없는 건 어쩔 수 없지만, 그런 교사에게 배우는
학생들이 불쌍할 따름이다.

"아아, 가사이 선생님. 그림에 관심을 보이시죠?"

유카와가 얇은 안경테를 올리면서 웃었다.

"아직 젊으신데 특이하시 않습니까?"

오치아이는 어이가 없다는 듯 말했는데 생각지도 않은
대답이 돌아왔다.

"가사이 선생님의 전공이니까요. 좋은 그림을 보고 싶어
하는 건 당연하죠."

"네? 전공이라뇨?"

"오치아이 선생님, 모르셨어요? 가사이 선생님은 어렸을 때부터 그림을 그렸는데 그 지역에서는 유명했대요. 대학교 3학년 때는 뭐라더라, 하여간 엄청 큰 상을 받았다고 교장 선생님이 얘기해 주셨는걸요. 요전에는 미술 대회 심사위원도 하셨어요. 여하튼 심미안이 탁월하신 분이래요."

오치아이는 의외의 정보에 할 말을 잃었다. 말문이 막혀 간신히 말을 짜냈다.

"그러면 왜 화가가 되지 않고 교사가 됐답니까?"

"아, 가사이 선생님이 예전에 얘기해 주셨는데요."

유카와도 당사자에게 똑같은 질문을 했던 모양이다.

"누구에게나 재능은 있는 거래요. 각자의 독자적인 재능을 찾아내고, 그 재능을 어떻게 활용하는지가 중요하다는 거죠. 그래서 초등학교 교사가 되어서 다양한 환경과 처지에 있는 아이들에게 자신의 재능을 발견할 수 있는 힌트를 주고 싶었대요. 언젠가 그 아이들이 어른이 되었을 때 깨닫게 될 무언가를 주고 싶다면서."

오치아이는 지난달에 있었던 동창회를 떠올렸다. 교사로 부임한 지 2년째에 담임을 맡았던 반의 동창회였고, 아이들이 졸업한 지 15년 만이었다.

당시에 성적이 우수했던 아이들은 역시 그대로 순조롭

게 성장해서 의사나 변호사가 되었다. 얼굴이 예뻤던 아이는 가정주부로 지내면서 잡지의 독자 모델도 하고 있다며 자신의 사진이 게재된 잡지를 보여주었다.

하지만 오치아이는 유카와의 이야기를 들으면서 마음속에서 무언가 개운치 않은 감정을 느꼈다. 동창회에 온 한 학생 때문이었다.

"선생님, 히로세 스스무 녀석 대단해요. 회사 사장님이 됐어요."

하나비시라는 제자가 그렇게 말했다. 하나비시의 아버지가 학부모회의 임원이었기 때문에 오치아이도 하나비시는 기억하고 있었다. 하지만 그 옆에서 "대단하긴 뭘" 하면서 웃는, 인상이 무척이나 좋은 청년은 전혀 기억나지 않았다. 스스무라는 이름조차 기억에 없었다.

"연 매출이 수억이라고 했지? 인터넷에서 봤어."

오치아이는 하나비시의 이야기를 들으면서 슬그머니 졸업앨범을 뒤졌다. 동창회에 참가한 아이들 중 한 명이 추억이라며 가져온 앨범인데, 당시 반 학생들의 사진과 이름이 모두 실려 있었다.

오치아이는 열심히 눈동자를 움직여 스스무라는 이름을 찾았다. 사진 속 히로세 스스무는 눈앞에 있는 청년의 분위기와 유사했다. 하지만 사진을 봐도 과거의 모습이 전혀 떠오르지 않았다. 그만큼 자신이 주목하지 않았던 아이였다.

그는 찝찝한 기분을 털어버리려고 안쪽 둥근 테이블에 모여 있는 제자들에게 다가갔다.

"너희들, 아주 훌륭하게 자랐구나."

오치아이는 자신이 기억하고 있는 이름을 하나하나 불렀다. 스스로가 옳았음을 확신하기 위해서.

"그러고 보니 내년 인사 배치에 대해서 들으셨어요?"

오치아이는 유카와의 목소리에 현실로 돌아왔다.

"갓 졸업한 신임 교사 한 명이 들어온답니다. 우리도 바빠죽겠는데 신임 뒤치다꺼리까지 해야 한다니 기가 막힙니다."

오치아이가 한숨을 쉬었다.

"그런데 그 사람, 학벌이 엄청나대요. 일본에서 대학원을 나온 뒤에 미국 대학교에서 연구직으로 있었는데 실력이 상당한가 봐요."

"학벌만 좋으면 뭐합니까. 실무능력이 따라줘야지."

코웃음을 치는 오치아이에게 유카와는 다시 의외의 이

야기를 들려주었다.

"원어민 수준으로 실력이 뛰어난 교사가 있으면 영어 스피치 동아리의 고문도 바뀌겠죠. 그러면 내년부터는 오치아이 선생님도 조금은 여유가 생기지 않겠어요?"

"네? 전 동아리 고문은 그대로 계속 맡아도 상관없습니다."

오치아이는 당황하며 덧붙였다.

"게다가 아이들도 제 지도로 실력이 눈에 띄게 향상되고 있으니까 신임 교사보다는 안심이 되죠."

하지만 유카와는 고개를 갸웃거리며 말했다.

"글쎄요. 아무래도 학부모들은 미국에서 생활한 젊은 선생님을 좋아하지 않을까요. 더구나 오치아이 선생님은 전공도 원래는 국문학이시고."

"저는 지금까지 독학으로 영어를 공부했습니다. 그런 이력이나 학력만으로 결정하는 건 받아들일 수 없군요. 그런 건 표면적인 평가가 아닙니까?"

오치아이는 피가 거꾸로 솟았다. 불공평함과 불합리함에 분개하면서 자신의 자리에 앉았다.

그때 손에 들고 있던 도화지 뭉치로 시선이 갔고, 가슴속에서 삐걱거리는 소리가 났다.

역할이나 성적은 그들을 평가하기 쉬운 잣대. 마음속 소리가 되살아났다. 이력, 학력, 나이…… 표면적인 평가. 그것은 자신이 아이들에게 해왔던 짓이다. 그런데 지금 이렇게 본인의 일이 되어 닥쳐오자 섬뜩했다.

그는 자신의 감정을 어찌하지 못하고 막막한 기분으로 도화지 뭉치가 든 봉투를 거칠게 쥐었다. 오치아이는 그 그림들을 꺼내서 한 장씩 다시 보아야 할지, 한참을 망설였다.

7

"통쾌하다."

가슴이 후련해진다는 말은 이런 기분을 말하는 게 분명하다.

나는 복도 창틀에서 내려와 몸을 부르르 떨었다. 교무실을 엿보기 위해 뻗었던 등을 힘껏 들어 올리자, 뻣뻣해졌던 몸이 원래의 상태로 돌아왔다.

상황을 끝까지 지켜본 뒤에 현관 신발장을 지나 밖으로 나갔다. 운동장 한가운데를 통과해 학교를 나서려는 순간 바람이 휘익 불어왔다. 바람 속에서 떠들썩한 소리가 들려

오는 듯했다. 운동장에서 피구를 하던 히로세와 하나비시
의 목소리가.

8

니지코 씨는 근무표를 수납장 위에 올리면서 낄낄 웃었다.

"젊은 선생이 미술 전공자라는 사실을 알았을 때의 그 아
연실색했을 얼굴, 상상만 해도 재미있네. 이어지는 고문 해
임 위기. 완전히 연타를 날렸어."

네 번째의 발 도장을 찍은 후 나도 웃음을 터뜨렸다.

"히로세 씨랑 하나비시 씨에게 보여주지 못한 게 아쉬울
정도야."

"그러게. 하지만 두 사람 모두 자기 인생을 건강하게 살
고 있으니까 됐지 않아? 그건 그렇고, 넌 어떻게 두 명의
선생님에게 혼을 맡겼어? 꼬리의 혼은 한 사람에게 닿으
면 그걸로 사라지잖아."

그렇다. 꼬리 끝이 닿는 곳으로 혼이 옮겨진다. 기회는
한 번뿐이라서 혼을 옮길 때는 주의하고 또 주의해야 한
다. 그런데도 꼬리가 다른 상대에게 닿는 실수를 몇 번이

나 저질렀다. 이래저래 우연히 해결은 되었지만, 그때마다 어쩔 줄 몰라 허둥댔다.

하지만 이번에는 달랐다. 아주 공을 들여 조심스럽게 행동했다.

조사를 진행하다 보니 이번 건은 한 사람의 전언만으로는 무리라는 판단이 들었다. 다수의 인간이 무심코 접촉하게 되는 장소, 그렇게 생각하자 교무실 출입문이 퍼뜩 떠올랐다.

"그래도 위험이 크지 않아? 교무실이면 오치아이 선생이 출입할 가능성도 있잖아."

니지코 씨가 미심쩍다는 듯 지적했다.

"그래서 오치아이가 교실에 있는 시간대를 노렸지."

방과 후, 오치아이가 교실에서 그림 채점을 시작한 것을 보고 나는 곧바로 교무실로 숨어들었다. 다행히 아이들이 하교한 뒤라서 아무에게도 들키지 않고 교무실 문에 혼을 옮겨둘 수 있었다.

"조례 담당인 유카와 선생님이 먼저 문을 열었고, 오치아이를 찾으러 갔던 가사이 선생님이 이어서 문을 만졌던 거네."

"맞아. 유카와 선생님이 닿았던 위치가 좋아서 혼이 조금 남아 있었어. 그래서 가사이 선생님에게도 혼이 전해 졌지."

하지만 혼의 효력은 오래가지 않는다. 오치아이가 교무실로 돌아왔을 때는 이미 효력이 사라진 뒤였다.

"으아, 조마조마했네."

니지코 씨는 두 팔로 자신의 몸을 감쌌다.

"다 계산된 거야. 내 수염은 그런 부분까지 정확하게 조절할 수 있거든."

나는 얼굴의 수염을 팽팽하게 당겨 보였다.

사실 어쩌다 우연히 성공했다고도 할 수 있지만. 뭐, 어떤가. 결과만 좋으면 그만이다.

아직도 가슴에 손을 얹고 있는 니지코 씨를 보고 있자니, 요전에 고양이 배달부 스카이가 했던 이야기가 떠올랐다. 나는 니지코 씨에게 직접 물어보기로 했다.

"니지코 씨는 예전에 키우던 고양이 때문에 후회되는 일이 있어서 이 일을 하는 거지?"

"맞아."

니지코 씨가 고개를 숙였다.

"그 아이는 나 때문에 목숨을 잃었어."

니지코 씨의 고양이는 스물두 살의 나이로 무지개다리

를 건너기 직전까지 무척 건강했다고 한다. 스물두 살. 엄청나게 장수했다.

그런데 죽기 며칠 전부터 갑자기 식욕이 없어졌다며, 니지코 씨는 눈을 감았다.

"그게 수명인 거지. 누구나 자신의 수명을 타고나잖아. 니지코 씨 탓이 아니야."

"아니야. 그때 그냥 집에서 간호했으면 좋았을 텐데. 그랬다면 이렇게 후회스럽지는 않았을 거야."

"무슨 일이 있었는지 말해줘."

니지코 씨는 한참 동안 말없이 고개를 숙이고 있다가, 마침내 조금씩 입을 열었다.

"그 아이를 병원으로 데리고 갔어. 힘도 없으면서 필사적으로 저항하는데도 억지로 이동장에 넣어서."

"미안한데 병원은 나도 싫어."

"그래. 알고 있었지만 달리 어떻게 할 수가 없으니까."

니지코 씨의 고양이는 입원한 날 밤에 그대로 병원에서 숨을 거두었다.

"만약 집에 있었다면 쇼크를 일으키는 일도 없었을 거고, 조금은 더 살았을지도 몰라. 외로웠을 거야. 옆에 있어주고 싶었어. 마지막에는 고맙다는 말도 해주고 제대로 작별 인사도 하고 싶었어. 보고 싶었어……."

니지코 씨의 눈에서 눈물이 또르르 흘렀다.

"그래서 파란 세계의 고양이들이 조금이라도 더 행복하기를 바랐고, 만나고 싶은 초록 세계의 사람도 만나게 해주고 싶었어. 그렇게 이 일을 하게 된 거야."

"그랬구나."

니지코 씨의 고양이는 니지코 씨를 절대 원망하지 않을 것이다. 오히려 자신을 소중하게 대해준 것에 감사하고 있을 것이다. 그렇게 말해주고 싶었지만 제대로 표현하기가 어려웠다. 우물쭈물하는 내게 니지코 씨가 이런 말을 해주었다.

"후타는 무지개다리의 전설을 들어본 적 있어?"

세상을 떠난 반려동물이 무지개다리 앞에서 주인이 언젠가 이쪽 세계로 오기를 기다린다는 전설이 있다고 한다.

"그게 무슨 전설이야? 거의 사실이잖아."

그러니 초록 세계와 파란 세계를 잇는 다리 옆에 카오스 고양이가 보초를 서고 있고, 이 카페도 있는 것이다. 내가 어이없어하며 묻자 니지코 씨가 후후, 하고 웃었다.

"어떻게 생각할지는 각자 다르니까. 무엇이 진실인지는 나도 몰라. 하지만 그런 전설에 기대보는 것도 좋지 않을까 하는 거지."

"게다가 퐁이라는 이름은 프랑스어로 다리라는 뜻이
잖아?"

"어머, 어떻게 알았어?"

니지코 씨는 무척이나 감탄한 듯하지만, 요전에 손님이
했던 이야기를 그대로 옮겼다는 것은 비밀이다. 그러고 보
니 '니지코*'라는 이름도 본명이 아니라 애칭일지도 모른다.

"그러면 니지코 씨의 고양이는 지금 파란 세계에 있겠
네? 찾으면 되는 거 아냐?"

"인간과 달리 고양이가 있는 곳은 특정하기 어려워. 고
양이 배달부 아르바이트에라도 지원해 주지 않는 이상 만
날 수 없어. 하지만 어쩔 수 없지. 이렇게 귀찮은 아르바이
트를 하겠다는 기특한 고양이는 좀처럼 없거든."

니지코 씨는 그렇게 말하고 내게 윙크했다.

후회라는 마음의 통증은 타인에 대한 상냥함을 낳는다.
니지코 씨의 흔들림 없는 강인함과 애정이 내게 그 사실을
가르쳐주었다.

* 니지코(虹子)의 니지(虹)는 무지개를 의미한다.

다섯 번째 임무

고양이 배달부,
무릎 위에서 몸을 말다

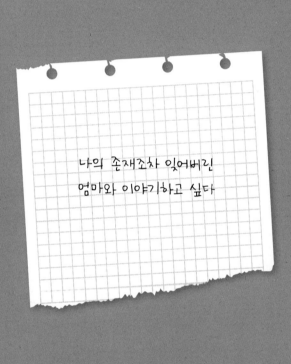

1

"저는 도둑질을 했어요."

니지코 씨가 운영하는 카페 퐁. 들려오는 소리에 내 귀가 쫑긋해졌다.

"뭐라고요?"

카페 퐁은 언덕 위 광장 한편에 덩그러니 서 있는 새하얀 단독 건물이다. 그림책에 나올 듯한 삼각 지붕의 단층 건물로, 광장을 향한 쪽에 격자 창살로 된 유리창이 나 있다. 출입문에는 탁한 금색의 놋쇠 손잡이가 달려 있다.

나는 조금 전까지 그 문 옆에서 몸을 동그랗게 말고 햇

볕을 쬐고 있었는데, 손님의 예사롭지 않은 고백에 재빨리 창문 밑으로 다가가 창턱으로 뛰어올랐다.

내 이름은 후타.

초록 세계라고 부르는 저쪽 세계에서 19년의 세월을 보내고 4개월 전에 파란 세계로 왔다. 초록 세계는 흔히 말하는 현세이며, 파란 세계는 황천이다. 하지만 이쪽에서 보면 어느 쪽이 황천이고 어느 쪽이 현세인지 알 수 없게 된다. 현세에 사는 사람들은 황천으로 떠나버린 이가 쓸쓸할 거라고 생각하지만, 전혀 그렇지 않다.

여기는 여기대로 여러모로 바쁘다. 더구나 두 세계는 의외로 가까이 있다. 현세와 황천 사이에는 아주 작은 관문이 하나 있을 뿐 거의 그대로 이어져 있다. 하지만 두 세계의 왕래가 자유로워지면 지구에 무언가 곤란한 일이 생긴다고 한다. 균형이 무너진다고 했던가? 우리끼리는 그 현상을 '지구가 뒤틀린다'라고 표현하는데, 둥그란 지구가 찌그러진다면 큰일이지 않은가.

그래서 우리 고양이 배달부가 나서는 것이다. 초록 세계의 인간이 누군가를 만나고 싶다고 의뢰하면 고양이 배달부가 그 누군가를 만나서 의뢰인에게 하고 싶은 말을 혼에 담아 전해준다. 만나고 싶은 대상은 파란 세계에 있을 수도 있고 초록 세계에 있을 수도 있다. 의뢰인의 요청을 쉽게 들어줄 수도 있지만 대부분은 그렇지 않다. 고양이 배달부의 임무는 제법 힘들다.

그리고 만나고 싶어 하는 사람들 모두를 만나게 해줄 수도 없다. 그 많은 요청을 전부 받아줄 만큼 고양이 배달부가 충분하지 않기 때문이다. 그래서 '간절하게 만나고 싶지만 만날 수 없는 사람'만 만나게 해준다. 그 판단은 카페 퐁의 주인 니지코 씨의 몫이다.

도둑질을 했다는 손님의 고백에 말문이 막힌 건 나뿐만이 아닌 듯했다.

"지금 뭐라고 하셨죠?"

범죄에 가담할 생각은 털끝만큼도 없다. 니지코 씨는 경계하듯 다시 물었다. 그러자 사십 대 중반쯤 되어 보이는 여자가 천천히 이야기를 시작했다.

"저는 집 일부분을 작은 갤러리를 운영하는 데에 쓰고 있어요."

그러면서 어느 동네 이름을 말했다.

"아, 바닷가네요."

그곳이 어딘지는 나도 알고 있다. 미치루의 엄마가 친구의 권유로 짧은 여행을 갔던 장소였다. 수국이 예쁜 사찰을 보고 왔다며 즐거운 듯 이야기했었다. 내 선물로 종이 달린 귀여운 목걸이를 사 왔지만, 나는 액세서리라면 질색이다. 나는 고개를 획획 흔들어 강력하게 싫다는 의사를 표현했다. 엄마는 "모처럼 어울리는 걸 찾았는데" 하며 아쉬워했지만, 목걸이는 곧바로 벗겨주었다. 참, 미치루는 초록 세계에서 나를 19년 동안 키워준 여자아이다. 나는 미치루의 아빠와 엄마에게도 넘치는 사랑을 받았다.

여자는 그 바닷가 마을에서 자신과 인연이 있는 작가의 그림을 전시하거나 그 지역 도예가의 그릇과 잡화를 판매하는 갤러리를 운영한다고 했다.

"손님은 대부분 지역 사람들이지만, 휴일에는 관광객들이 오기도 해요. 그렇다고 늘 사람이 많은 것은 아니지만요."

여자는 웃으면서 말했다. 2층짜리 단독주택의 1층을 갤러리로 개축했다고 한다.

"아들도 대학교에 진학하면서 독립했어요. 부부 둘이 살기에는 집이 너무 넓기도 해서요."

자녀가 독립하면서 시간적으로도 여유가 생겼을 즈음, 같은 지역 출신인 한 화가의 작품을 지인으로부터 양도받

왔다.

"모르는 작가네요."

니지코 씨가 작가의 이름을 듣고는 고개를 갸웃했다.

"네. 젊은 나이에 세상을 떠난 탓에 인지도는 없지만, 굉장히 좋은 그림을 그리셨어요. 그분의 그림을 소개하고 싶어서 갤러리를 시작하게 되었답니다."

대학생 시절에도 미술사를 전공했고 그림에 관심이 많아서 미술관 순례가 취미라고 했다. 하지만 그림과 관련된 일을 하게 될 줄은 꿈에도 몰랐다나.

"인생은 참 알 수 없죠. 내 갤러리를 갖는다는 건 상상도 안 해봤는데. 그전까지는 계속 전업주부였어요. 그래서 아직 어설프답니다."

갤러리를 시작하자 자연스럽게 지역 출신의 공예 작가들과 교류하게 되었고, 지금은 다양한 양식의 작품을 취급하게 되었다고 설명했다.

"그런데 이 사람과는 어떤 인연이신 거죠?"

니지코 씨는 들고 있던 엽서에 눈길을 주었다.

카페 퐁에는 '만나고 싶은 사람은 누구입니까?'를 묻는 설문 용지가 있다. 엽서에 그 사람의 이름을 적어서 카페 우편함에 넣으면 된다.

그런데 이 여자는 엽서를 우편함에 넣지 않고 니지코 씨에게 직접 건네면서 자신의 이야기를 시작했다.

"이 사람은 제 친구입니다."

"친구요? 실례지만, 살아 계시나요?"

초록 세계의 인간도 대상에 포함되기 때문에 미리 확인할 필요가 있었다.

"네, 건강하게요. 다른 친구에게 들은 이야기지만요."

"그러면 사는 곳을 모르시나요?"

"여러 번 놀러 갔었기 때문에 집은 알고 있어요."

"그렇다면."

니지코 씨의 말투가 조금 차가워졌다.

"그냥 만나러 가시면 되지 않나요?"

여자는 그 질문에 대답하지 않고 한참 동안 눈을 감았다. 그러다 마침내 나지막한 목소리로 말을 이었다.

"그게 말이죠, 제가 훔치고 말았거든요. 친구의 소중한 것을."

"그게 무슨 뜻이죠?"

니지코 씨는 그 말의 의미를 알아보려는 듯 손님의 얼굴을 살폈다.

"그 친구와 저는 초등학교 5학년 때 처음으로 같은 반이 되었어요."

두 사람은 집도 같은 방향이라서 금방 친해졌다. 등하교를 같이한 것은 물론 쉬는 시간에도 늘 함께 있었다. 다음 날 아침이면 다시 만날 텐데도 떨어져 있는 그 몇 시간이 아쉬워서 집에 갈 때마다 서로를 향해 한없이 손을 흔들었다.

중학교에 진학한 두 사람은 방과 후 동아리 활동으로 미술부를 선택했다. 서로가 데생 모델이 되어주기도 했지만, 주로 만화 캐릭터를 그렸다.

고등학교와 대학교는 각자 다른 곳으로 진학했지만, 휴일이면 함께 쇼핑이나 영화를 즐겼다. 미술관 순례를 좋아하게 된 것도 그녀의 영향이었다. 두 사람은 체격까지 비슷해서 서로 옷을 바꿔 입거나 똑같은 옷을 입고 돌아다니기도 했다.

"어른이 된 후에도 우정은 변하지 않았어요."

친구는 대학교 졸업 후 증권회사에 들어갔고, 지금도 독신인 채 열정적으로 일하고 있다고 했다.

"저는 졸업과 동시에 대학교 때 사귀던 남자와 결혼했고 얼마 지나지 않아 아이도 가졌어요. 상황이 완전히 달라졌죠."

그런데도 친구는 바쁜 와중에 시간을 내서 출산을 축하하러 와주었고, 이후로도 종종 고급스러운 과자를 들고 집에 찾아왔다.

"육아에 지치거나 남편과 다투고 나면 친구 집으로 달려가기도 했어요."

"보통은 그럴 때 친정으로 가지 않나요?"

니지코 씨는 의아한 듯 물었다.

"그렇죠. 하지만 친정에 가면 부모님이 또 괜히 걱정하시니까 귀찮잖아요. 친구는 저를 그냥 놔두는 편이었어요. 그게 참 고마웠죠."

그때가 그리운 듯 그녀가 조그맣게 고개를 끄덕이는 모습이 유리창에 비쳤다.

"가족 이상으로 가까운 사이였군요."

"맞아요. 남편도 우리 사이를 알아서 제가 집을 나가면 곧바로 그 친구에게 연락했어요. 거기 가지 않았느냐고."

"어머나."

두 사람의 혼이 마치 어딘가에서 이어져 있는 듯했다. 더없이 소중한 안도감. 내가 미치루와 미치루의 부모님에게 느꼈던 감정과 똑같다. 그렇게 생각하자 마음이 따뜻해졌다. 그러다가 몸까지 따뜻해졌고, 나는 그만 비몽사몽의 상태가 되었다. 내 모습을 봤을 리가 없겠지만 여자가 갑자기 슬픈 목소리로 말했다.

"그런데 어느 순간부터 연락이 뚝 끊겼어요."

"무슨 일이 있었나요?"

나는 다시 귀를 쫑긋 세웠다.

"저도 갤러리를 오픈한 후 한동안은 무척 바빴어요. 친구도 부서 이동이 있거나 일이 바쁜 시기에는 몇 달씩 연락이 없기도 하니 크게 신경 쓰지 않았고요."

"증권회사는 연말이나 주주총회 같은 시기에 정신 없다고 하더군요."

"네. 그러다가 제가 사소한 일로 문자를 보냈는데 답장이 없길래 그때도 그냥 바쁜가 보다 했죠. 답장이 꼭 필요한 용건도 아니었고."

하지만 그러는 동안 시간은 순식간에 흘렀고, 연락이 끊긴 지 어느새 1년이 넘어서고 있었다.

"그제야 걱정이 되기 시작했어요. 무슨 일이 있는 건 아닐까, 하고."

"혼자 사는 분이니 더욱 그러셨겠네요."

"그래서 다른 친구에게 넌지시 물어봤습니다."

친정집 근처에 둘 모두를 아는 공통의 친구가 있었다.

"그랬더니 그 애가 저를 도둑이라고 했다는 거예요."

여자는 생각지도 못했다며 고개를 떨구었다.

"왜요? 남자 문제?"

여자들의 우정은 그런 것들로 쉽게 깨진다고, 텔레비전 드라마에 나왔었다.

"보통은 그렇게 생각하게 되죠. 저도 처음에는 그런 생각을 했어요. 어쩌면 나도 모르게 친구의 소중한 사람과 친한 사이가 되었던 것은 아닐까, 하고요."

자신의 의지와는 무관하게 상대방이 일방적으로 호의를 보이기도 하니.

"하지만 아무리 생각해도 그런 일은 없었어요."

자신의 일상에 특별한 변화가 없었는데 뭐가 잘못돼서 이렇게 되었는지 고민이라고 했다.

"그렇다면 뭔가 물건 같은 긴? 예컨대 빌린 책을 돌려주지 않았다거나."

"그런 물건이야 있죠."

여자가 입가를 누그러뜨리며 말했다.

"고등학교 때 친구에게 빌린 만화책이 아직도 제 책장에 있어요. 하지만 그건 서로 마찬가지예요. 제가 좋아했던 소설책도 분명 그 애의 방에 있을 테니까요."

그것은 일종의 우정의 증표라고 말한다.

"서로의 물건을 늘 빌려주곤 했기 때문에 나중에는 진짜
주인이 누군지도 알 수 없게 되었죠. 그런 것들이 참 기뻤
어요."

그렇게 사이가 좋았는데 언제부터 어디서 엇갈려 버린
걸까.

"주제넘은 말일지도 모르지만……."

손님은 말하기가 조금 거북하다는 듯 그렇게 전제를 깔
았다.

"혹시 질투인가, 하고 생각했어요. 저는 남편과 아이가
있고 일도 하지 않으면서 편안하게 살고 있는데, 그 친구
는 혼자서 자신을 책임져야 하니까요. 젊었을 때는 좋았겠
지만 나이가 들면서 그런 생각을 하게 된 건 아닐까, 하고."

"하지만 친구분은 보람을 느끼며 일하고 있잖아요. 열정
적으로."

"그래요. 그러니까 그것도 아닙니다. 그런 사람이 아니
에요. 생각해 보면 최근에도 우리 아들의 진학을 자기 일처
럼 기뻐해 줬고, 제가 육아나 교육 문제로 힘들어했던 것도
알고 있었으니까요. 아들이 취직하면서 제가 완전히 해방

되자, 친구는 이제 너만의 시간을 조금은 가질 수 있게 됐네, 하고 축하해 주었죠."

"물리적인 문제는 아니었을까요? 멀리까지 찾아가기가 귀찮아졌을 수도 있잖아요."

"아니에요. 그 애는 도시의 삶에 지쳐서인지 동네 풍경이 너무 멋지다며 좋아했어요. 오히려 기쁘게 찾아와 줬죠. 그래서 대체 언제부터 연락이 오지 않은 건지 찾아봤어요."

"그랬더니요?"

니지코 씨가 추임새를 넣었다.

"제가 갤러리를 시작한 후부터였습니다. 딱 2년 전 일이었어요."

여자의 목소리가 낮아졌다.

"그 친구가 갤러리에 온 적이 있나요?"

"개업식 때 한 번이요. 저도 처음 하는 일이라 운영에 정신이 없어서 신경 쓰지 못했는데, 가만히 생각해 보니 그때부터였어요."

손님이 쓸쓸하게 고개를 떨구고는 조그맣게 말했다.

"그리고 갑자기 생각이 났어요. 중학교 때 미술실에서 그 친구가 했던 말이."

"무슨 말을?"

나도 급히 몸을 앞으로 기울였다. 귀뿐만 아니라 꼬리와 수염까지 안테나처럼 꼿꼿하게 세웠다.

"작품 평가를 위해 미술부원들의 그림을 늘어놓고 있을 때였어요. 그 모습을 바라보면서, 언젠가 작은 미술관을 하고 싶다고 말했어요. 바다가 보이는 곳에서. 그것이 자신의 꿈이라고."

여자의 목소리가 여중생의 목소리로 바뀌었다. 미래에 대한 동경으로 가득한, 꿈에 부푼 화사한 목소리로.

"그렇군요. 손님께서 하시는 일이 바로 친구의 꿈이었군요."

니지코 씨가 차분하게 여자의 말을 받았다.

"저는 친구의 꿈을 훔쳤어요."

손님은 나지막하게, 하지만 또렷하게 말했다.

"그래서 친구를 만나 사과하고 싶어요."

"그럴까요? 사과할 필요가 있는 걸까요?"

니지코 씨는 잠시 고개를 갸웃거리더니 그렇게 물었다.

"바닷가에 있는 갤러리가 세상에 하나뿐인 것도 아니잖아요. 실제로 여러 곳이 있고요. 그러니까 만약 친구분이 갤러리를 하고 싶었다면 하면 되는 거죠. 더구나 손님분도 여러 인연이 겹치면서 실현할 수 있었던 거잖아요. 스스로 노력한 결과인걸요. 사과하실 필요는 없다고 생각해요."

"하지만 실제로 그 친구는 화가 났잖아요."

"문제는 그때까지 그것이 친구의 꿈이었다는 사실을 떠올리지 못했다는 것 아닐까요? 혹시 무의식 속에서는 기억하고 있었고, 마음 한구석에 그녀를 앞질러보겠다는 생각이 있었던 건 아닌가요?"

"제가 그녀를 앞지른다고요? 그런……."

여자는 어이가 없다는 듯 팔을 들어 손사래를 쳤다.

"정말로요?"

니지코 씨의 질문은 온화했지만 그만큼 마음속 깊은 곳을 건드리는 듯했다. 손님은 천천히 고개를 들었다.

"질투했던 건 저였는지도 모르겠군요. 친구는 회사에서도 상사와 부하 직원들에게 인정받는 사람이었고, 자신의 길을 씩씩하게 걷는 여자였죠. 자유롭게 쓸 수 있는 돈도 많았고, 늘 단정하고 세련된 물건을 샀고. 그와 반대로 전 보잘것없는 주부죠. 오이 한 개의 가격에 고민하고, 육아에 쫓겨 몇 년 동안이나 같은 옷을 입고. 그래서 갤러리를 시작할 때는 저도 해낼 수 있다는 걸 보여주고 싶은 마음이 있었어요."

"서로 마찬가지일 거예요."

니지코 씨가 자애로운 눈길로 여자를 바라보았다.

"직접 만나서 그리운 추억을 이야기해 보면 어떨까요? 미술실에서 나눴던 서로의 꿈과 지금 자신의 이야기를."

"만날 수 있을까요?"

손님이 불안한 표정으로 말했다.

"실제로는 추억담을 나누고 싶어도 할 수 없는 사람들이 많아요. 하지만 손님께선 아니잖아요. 그러니까 만나러 가세요. 직접요."

엽서를 손님에게 돌려주면서 니지코 씨는 고개를 살짝 기울였다.

2

"도둑질이라고 해서 깜짝 놀랐네. 우리한테 고해성사라도 하는 줄 알았어."

손님이 떠난 틈을 타 나는 카페 안으로 들어갔다. 고양이 배달부는 원래 영업 중에는 출입 금지지만, 손님이 없을 때 살짝 얼굴을 내미는 정도는 니지코 씨도 눈감아 주곤 했다.

"오늘은 파리만 날리니까 그만 문 닫을까."

니지코 씨는 손님이 별로 없는 날이면 그런 말을 한다. 나는 파리를 본 적이 없는데도 말이다.

"그건 그렇고, 의뢰 내용도 참 다양하네."

나는 감탄하며 말했다.

"하지만 대부분은 스스로 노력하면 만날 수 있는 상대야. 만날 수 없다고 착각할 뿐이지."

"그런 건가? 근데 아까 그 손님은 괜찮을까?"

친구가 만나고 싶어 하지 않는데, 찾아간다고 뭐가 해결될까.

"추억이 많으니 이야기꽃도 끝이 없겠지. 잘될 거야. 이런 경우와는 다르게."

니지코 씨는 그렇게 말하면서 내게 엽서 한 장을 건네주었다.

치매로 나를 알아보지 못하게 된 엄마와 만나서 옛이야기를 하고 싶다.

나는 소리 내어 엽서를 읽었다.

"만날 수 없다는 건 이런 걸 두고 하는 말이야. 그만큼 절실한 거지."

나를 나로 인식해 주지 않는다. 그것도 가장 사랑하는 엄마가. 생각만으로도 너무 마음이 괴로웠다. 만약 미치루가 나를 알아보지 못한다면 나는 견딜 수 없을 것이다.

"알겠어?"

침묵하고 있는 내게 니지코 씨가 거듭 확인했다. 나는 고개를 끄덕였다.

"그러면 이건 후타에게 맡길게. 잘 부탁해."

니지코 씨는 그렇게 지시를 내렸다.

기억이 희미한 인간을 어떻게 만나게 해주지? 어려운 안건이다. 하지만 해보고 싶은 마음이 들었다. 의뢰인은 내가 미치루를 상상했을 때의 그 괴로운 심정을 느끼고 있을 것이다. 내 손으로 조금이라도 그 괴로움을 덜어주고 싶었다.

"후타도 상상력이 꽤 풍부해진 것 같은데?"

니지코 씨가 그야말로 엄마 같은 표정으로 나를 바라보았다.

나는 수납장에서 훌쩍 뛰어내려 난로 앞으로 쪼르르 다가갔다. 임무 시작 전 잠깐의 휴식을 취할 생각이었다. 계획을 짜는 건 그다음에.

3

의뢰인은 육십 대의 여자, 호사카 고즈에 씨. 만나고 싶은 사람은 아흔을 넘긴 어머니, 고마이 사쓰키 씨다. 엽서에는 어머니가 입원했다는 노인요양원의 이름도 적혀 있었다.

"이곳에 가면 의뢰인과 의뢰인이 만나고 싶은 사람 둘 다 만날 수 있겠군."

그렇게 생각했지만 일은 그리 간단하지 않았다.

사쓰키 씨가 머무는 방의 번호는 쉽게 알아낼 수 있었다. 이 요양원에서는 '치료동물'이라고 불리는 고양이와 개가 있었다. 동물매개치료법은 병원에서 환자의 심리 치료에 이용하는 경우가 많지만, 이렇게 고령자시설의 치매 증상 완화 프로그램의 일환으로도 도입하고 있다.

펫룸이라는 곳에 잠입해 보니, 그곳은 흡사 고양이 카페 같은 모습이었다. 일단 들어가기만 하면 완전히 우리 세상이다. 그곳에는 초록 세계의 녀석도 있었지만, 파란 세계에서 파견 나온 녀석들도 많이 보였다.

나는 조심스럽게 탐문 조사를 했다.

"사쓰키 씨? 무척 친절한 사람이야. 자주 무릎에 앉혀주거든."

나와 꼭 닮은 치즈 태비 고양이가 말했다.

"가족이 매일 면회를 오니까 만날 수 있지 않을까?"

"그렇지만 그건 아들 부부야. 평일에는 며느리만 오고, 주말에 둘이 같이 와. 그러고 보니 딸은 만난 적이 없는 거 같은데."

내가 임무 내용을 이야기하자 그곳에 있던 고양이와 개들이 앞다투어 아는 것을 말해주었다.

"기억이 또렷할 때랑 그렇지 않을 때가 있는 것 같아."

신기하다는 듯 그렇게 말하는 녀석도 있었다.

나는 일단 수집한 정보를 머릿속에 넣고 사쓰키 씨가 있는 방으로 향했다.

4

"어머, 쿠우야! 방까지 와준 거니?"

내가 방 앞에서 어슬렁거리고 있는데 갑자기 방문이 열렸다. 사쓰키 씨가 마침 식사 시간에 맞춰 식당으로 가려던 참이었다. 나는 당연히 할머니 혼자서는 이동하지 못할 거라고 생각했는데 그렇지 않았다. 조금 전 펫룸에서도 기억이 또렷할 때가 있다는 이야기를 들었는데, 시설 안을 이동하는 정도는 가능한 모양이었다.

'쿠우가 누군데? 난 후타야.'

무심코 내 이름을 밝힐 뻔했지만, 간신히 참았다. 사쓰키 씨를 가까이에서 조사할 수 있으니 착각하는 편이 오히려 유리하다.

"안으로 들어오렴."

치료동물이 멋대로 펫룸을 벗어나도 되는지 모르겠지만, 그런 건 내 알 바 아니다. 아마도 내가 아까 만났던 치즈 태비 고양이로 착각하는 모양이었다. 나는 모르는 척 방 안으로 들어갔다.

사쓰키 씨는 나를 무릎에 올려놓고 한참을 쓰다듬어주었다. 식당에 가던 길이었다는 사실은 까맣게 잊은 듯했다. 내가 중간에 끼어들어 죄송하기는 했지만, 식사는 나중에 요양사가 알아서 가져다주거나 직접 모시러 올 것이다. 그때까지는 나도 '쿠우'가 되기로 했다.

"쿠우, 간식 줄까?"

서랍 속에서 마른 멸치가 담긴 포장지가 나왔다.

나는 곧바로 꼬리를 흔들며 갸르릉 소리를 냈다. 그런데 할머니가 왜 마른 멸치를 갖고 있지?

"이건 사토루가 가져다준 거란다. 칼슘은 뼈와 치아에 좋으니까 출출할 때 먹으라고. 쿠우도 사토루를 본 적이 있던가?"

하지만 사쓰키 씨의 치아는 입안에서 완전히 사라지고 없었다. 식사 시간 외에는 틀니를 빼놓고 있기 때문이었다.

"이렇게 딱딱한 건 먹을 수도 없는데 말이지. 그래도 착한 아들이지? 나의 하나뿐인 자식이니까."

기뻐서인지 슬퍼서인지 눈에 눈물이 그렁그렁했다. 인간은 상반된 두 가지 감정 모두에 눈물을 흘린다. 게다가 나이가 들수록 눈물도 많아진다고 들었는데, 사쓰키 씨도 그런 걸까. 고양이는 슬프다는 생각을 그다지 하지 않아서 눈물을 흘린다는 개념은 잘 모르지만 말이다.

그러고 보니 사쓰키 씨는 아까부터 아들 사토루 씨의 이야기만 할 뿐, 딸인 고즈에 씨의 이름은 입에 올리지 않았다. 지금도 "하나뿐인 자식"이라고 했다. 역시 딸이 있다는 사실조차 잊어버린 걸까.

침대와 테이블뿐인 작은 방은 삭막했지만, 안쪽에 작은 불단이 마련되어 있었다. 향냄새가 나는 이유는 그 때문이었다. 불단 앞에는 굳은 표정의 남자 사진이 놓여 있었다. 사쓰키 씨의 남편, 즉 사토루 씨와 고즈에 씨의 아버지였다. 그 외의 가족사진은 보이지 않았다.

나는 한참 동안 사쓰키 씨의 무릎 위에서 자세를 바꿔가며 평온한 시간을 보냈다. 인간에게 어리광을 부리는 행복을 만끽하는 건 오랜만이었다. 이대로 잠시 눈을 붙일까, 하고 몸의 긴장을 풀려던 그 순간 노크 소리와 함께 한 여자가 들어왔다.

저 사람이 고즈에 씨인가? 잠시 기대했지만 아니었다.

"어머니, 방에 계셨네요."

"그래, 오늘은 하나에 혼자 왔니?"

"평일이니까 사토루 씨는 회사에 갔죠."

익숙한 말투로 보아 늘 하던 대화임을 알 수 있었다. 하나에라고 불린 여자는 아들 사토루 씨의 아내인 듯했다.

"요양사 선생님이 식사하러 빨리 오시래요."

하나에 씨는 그제야 무릎 위에 있는 나를 발견한 듯했다.

"어머, 펫룸에 있는 고양이 아니에요? 마음대로 데려오시면 어떡해요."

타박하는 말투에 사쓰키 씨가 흠칫하는 것이 무릎 너머로 느껴졌다.

"하지만 쿠우가 방 앞에 있었는걸……."

사쓰키 씨는 당황해서 어찌할 바를 몰랐다. 더는 민폐를 끼쳐서는 안 된다. 나는 아무렇지 않은 표정으로 열린 문을 통해 슬쩍 방을 빠져나왔다.

등 뒤로 하나에 씨가 혀를 차는 소리가 들렸다.

어떻게 된 걸까.

실마리를 전혀 찾지 못한 채 터벅터벅 카페 퐁으로 돌아왔다.

다른 고양이 배달부라도 있었으면 했는데 카페 퐁 앞에는 아무도 없었다. 게다가 간판에는 '임시휴업'이라는 팻말이 걸려 있고, 안을 들여다봐도 정적만이 맴돌았다. 니지코 씨도 없고 난로의 불도 꺼졌다.

사쓰키 씨 무릎의 온기가 아직 몸에 남아 있었다. 미치루가 쓰다듬어주었을 때의 따뜻함이 되살아났다. 나는 왠지 서글퍼져서 고개를 숙였다.

"남몰래 눈물을 흘린다는 건 이런 느낌일까."

그런 감정을 아주 조금은 알 것 같았다.

검은 고양이 나쓰키라도 있으면 같이 이야기를 나누고 싶었는데, 아무리 찾아도 보이지 않았다. 이렇게 한심한 꼴을 보이느니 이게 오히려 잘됐다. 혼자 그렇게 허세를 부리다가 문득 생각해 냈다.

"그러고 보니 한동안 초록 세계에서 아르바이트를 한다고 했었지."

최근 들어 마녀 고양이들은 무척 바쁘다. 핼러윈이 다가오고 있기 때문이다. 요전에 우연히 나쓰키를 만났을 때 이런 이야기를 했었다.

"아직은 빗자루를 자유자재로 타고 다닐 수 없어서, 올해 핼러윈 때는 카페 안에서 빗자루 위를 장식하는 일을 하게 됐어."

나쓰키는 초록 세계에 있는 어느 카페 창가에 매달려 있을 거라고 했다.

"그러면 핼러윈이 끝날 때까지 계속 그쪽에 가 있는 거야?"

나는 조금 걱정이 돼서 물었다.

"그 카페는 초사흘부터 보름날 밤까지만 영업한대. 그래서 근무는 10월의 2주 정도뿐이야."

"뭐야, 그거밖에 안 돼?"

맥이 빠지는 동시에 안심이 됐다.

"근데 영업을 그렇게 짧게 하는 곳도 있구나."

니지코 씨가 운영하는 카페 퐁도 만만치 않지만, 그래도 거기보다는 영업시간이 좀 더 길다.

"여유롭게 운영하는 곳 같아. 멋진 카페일 것 같아서 기대돼."

나쓰키는 들뜬 목소리로 말했다.

"그곳 점주는 전갱이라는 이름의 수컷 검은 고양이를 키운대. 고양이인데 생선 이름이라니 웃기지?"

너무 즐거워하는 모습에 나는 왠지 질투가 났지만, 꾹 참았다.

그런 대화를 나눴던 때가 열흘 전이니까, 얼마 안 있으면 이쪽으로 돌아올 것이다. 나쓰키는 마녀 고양이로 착실하게 성장하고 있다.

나 혼자만 발전이 없는 기분이 들었다. 늘 씩씩한 나지만 역시 풀이 죽었다.

어금니에 멸치 조각이 끼어 있어서 앞발 손톱으로 빼낸 후, 내친김에 혀로 얼굴 주변을 핥았다. 마른 멸치의 맛있는 냄새와 향냄새가 함께 났다.

이곳의 침대 매트리스는 의외로 딱딱하다. 그래도 사쓰키 씨의 겨드랑이 아래가 따끈따끈하니 좋아서 선잠이 절로 들었다. 침대 옆에서 들리는 이야기 소리에 귀를 기울이려고 애써보았지만 이대로는 금방 잠에 빠져들 것 같았다. 나는 어쩔 수 없이 고개를 들었다.

"어머, 고양이가 또!"

나는 침대에서 가볍게 뛰어내려 혓바닥으로 털을 손질했다.

나를 보고 놀란 사람은 요전에도 왔었던 며느리 하나에 씨였다. 옆에 있는 사람은 아들인 사토루 씨일 것이다.

"이곳은 동물들이 자유롭게 드나드는 거야?"

"잘 모르겠는데 전에도 있었어. 어머니가 데려온 줄 알고 주의를 드렸는데, 생각해 보니까 확실히 어머니가 일부러 그러셨을 것 같지는 않아. 혹시 이렇게 방에 들어오게 하는 것도 치료의 일환이 아닐까?"

하나에 씨가 열심히 설명했지만, 사토루 씨는 자신이 질문해 놓고도 벌써 흥미를 잃은 모양이다.

"애써 왔더니 계속 주무시기만 하네."

한숨 섞인 목소리는 아쉬워한다기보다는 성가신 존재를 보는 듯한 느낌이어서 나는 조금 슬퍼졌다.

"상태가 안정됐을 때는 정말 아무렇지도 않아 보이서. 당신이나 나도 배려해 주시고. 요양사 말로는 주기적으로 그러시는 것 같대. 대체로 2주일에 한 번 정도로 상태가 바뀌시는 것 같아."

창문으로 들어오는 바람이 조금 차가워서 나는 몸을 부르르 떨었다.

"아, 그러고 보니 누나한테 이런 문자가 왔었어."

사토루 씨가 윗옷 주머니에서 휴대폰을 꺼냈다.

"형님이? 뭐라고 하셨는데?"

사토루 씨가 휴대폰 화면을 하나에 씨에게 보여주려고 했지만, 그녀는 창문을 닫기 위해 자리에서 일어선 참이었다. 사토루 씨는 하나에 씨를 한 번 올려다보더니 다시 휴대폰 화면을 보며 메시지를 읽기 시작했다.

"어머니는 좀 어떠셔? 너랑 하나에 씨에게만 맡겨서 미안해. 하지만 나도 날마다 요양원을 바라보고 있어."

방 안에 잠시 침묵이 흘렀다. 먼저 침묵을 깬 이는 하나에 씨였다.

"형님도 어머니가 보고 싶으신 건 아닐까? 한번 만나게 해드리면 어때?"

내가 수염을 팽팽하게 세워 그 제안에 동의하려는 순간, 사토루 씨가 고개를 저었다.

"안 하는 게 좋을 거야. 원래도 사이가 좋지 않았어. 만나게 해드려 봐야 어머니에게 오히려 혼란만 줄 뿐이야. 지금은 딸에 대한 기억이 희미해진 덕분에 상태도 안정적이시잖아."

"형님은 이혼하신 뒤로 어머니랑 안 만나셨지?"

"아니, 그 전부터야. 어머니가 그렇게 반대하는데도 고집을 부리며 결혼했잖아. 그래서 결혼하면 그때부터 더 이상 내 자식이 아니라고 어머니가 화를 내셨지. 누나도 그렇게 마음대로 결혼했으면서 겨우 1년 살고 이혼이라니. 어머니가 그러셨던 것도 이해가 가. 이혼했으면서 원래 성으로 바꿀 생각도 없는 것 같고."

"지금은 혼자 사셔?"

"아마 그럴걸."

"늘 바라보고 있다는 건 무슨 뜻일까?"

"뭐가?"

"메시지에 그렇게 적혀 있었잖아. 매일 요양원을 바라보고 있다고. 사시는 곳이 이 근처인가?"

"아닐걸? 가끔 지나간다는 의미겠지."

대화는 거기서 끊겼다.

"아드님도 계셨네요. 고생이 많으세요."

노크 소리가 들린 후, 요양사가 시원스러운 말투로 인사를 건네며 얼굴을 내밀었다.

나는 열린 문틈으로 슬쩍 빠져나가 복도로 향했다.

"오늘은 계속 주무시기만 하시네요."

사토루 씨의 겸연쩍은 듯한 목소리가 멀리서 들려왔다.

5

나는 요양원에서 나와 주변을 어슬렁거리며 배회했다. 날마다 바라보고 있다는 건 무슨 뜻일까? 상상력을 발휘하라는 니지코 씨의 목소리가 들리는 듯해서 나는 열심히 머리를 굴렸다.

매일 이 주변을 산책하고 있다는 뜻일까? 아니면 사토루 씨가 모르는 사이 이 근처로 이사 와서 맨션 창문을 통해 보고 있다거나.

'보고 있다?'

무언가 생각이 날 듯해서 나는 발길을 멈추었다. 주변을 둘러보니 도로를 사이에 두고 정면에 있는 세탁소 하나가 눈에 들어왔다.

차를 피해가며 도로를 건너 세탁소 앞으로 다가갔다. 자동문 너머에서 점원과 손님이 대화를 나누는 소리가 들렸다.

"맡기실 옷은 베이지색 스웨터 한 벌이시죠?"

"네. 좀 춥길래 옷을 바꿔 입으려고 찾아보니까 작년에 입던 그대로 옷장 구석에 처박혀 있지 뭐예요, 하하하."

손님의 웃음소리가 크게 울렸다.

"날씨가 갑자기 추워졌죠. 저도 환절기에는 늘 입을 게 없어서 고민이라니까요."

점원의 대꾸도 친근했다. 단골손님일까.

"올해도 시간 참 빨라요. 곧 축제의 계절이네요. 댁에도 경품권이 도착했나요?"

손님의 질문에 점원이 대답했다.

"저는 이곳 주민이 아니에요. 전철로 한 시간 이상 걸리는 곳에 살아요."

"그렇게나 멀리요?"

"네. 이곳에 조금 인연이 있어서요. 사실은 길 건너편에 있는 요양원에 어머니가 계세요."

"그랬군요. 가까이서 어머니 간호도 할 수 있으니 안심되시겠어요."

점원이 애매하게 대답하는 목소리가 세탁소 안쪽에서 "호사카 씨!" 하고 부르는 소리에 가려졌다.

내 짐작이 맞았다. 고즈에 씨는 이곳에서 일하면서 사쓰키 씨가 지내고 있는 요양원을 날마다 바라보고 있었던 것이다.

"좋았어!"

갑자기 힘이 솟으면서 털이 곤두섰다. 몸이 평상시보다 두 배나 커졌을 뿐만 아니라 꼬리도 끝까지 빵빵하게 두꺼워졌다.

6

일단은 사쓰키 씨의 혼을 어떻게 입수할지가 문제였다.

기억이 흐릿하다는 것은 혼의 일부가 파란 세계에 와 있다는 뜻이다. 그렇다고 파란 세계에 속한 사람인 것도 아니다. 정착한 상태가 아닌 떠돌고 있는 혼은 붙잡기가 무척 힘들다.

'사쓰키 씨의 상태가 주기적으로 좋아졌다가 나빠졌다가 한다고 했는데, 뭔가 규칙이 있는 걸까.'

그런 생각을 하면서 걷는데 무언가 바삭거리는 감촉이 몸에 느껴졌다. 공원 한가운데에 서 있는 은행나무 낙엽이 바닥을 가득 메우고 있었다. 계절이 변하고 있다. 세탁소에서도 그런 대화가 오갔었는데. 나는 고즈에 씨의 목소리를 떠올리다가 노란색 낙엽 속에서 발길을 멈췄다.

"환절기……."

파란 세계의 인간은 히간 기간에는 초록 세계 근처까지 갈 수 있다. 히간은 춘분과 추분을 기준으로 앞뒤 3일, 즉 7일의 기간을 말한다. 춘분과 추분에는 낮과 밤의 길이가 같아서 이승과 저승이 가장 가까워지기 때문에 초록 세계에서는 이 시기에 성묘를 하기도 한다.

미치루의 집에서는 히간이 되면 경단에 팥소를 입힌 오하기를 먹었기 때문에 나도 그런 풍습에 대해서는 잘 알고 있었다. 다른 고양이는 어떨지 모르겠지만 나는 팥을 달콤하게 삶아 만든 팥소를 좋아한다. 미치루가 손가락에 묻혀서 핥게 해주었던 오하기는 무척이나 맛있었다.

같은 음식인데도 춘분에 먹을 때는 보타모치*라고 부르는 이유는 그 무렵에 피는 꽃인 모란에서 이름을 따왔기 때문이라고, 미치루의 엄마가 미치루에게 가르쳐준 적이 있다. 춘분과 추분이 24절기 중 하나라고 하길래 오하기를 1년에 24번 먹을 수 있는 줄 알았는데 그게 아니어서 실망했던 기억이 났다.

1년을 24개의 계절로 나눈 게 24절기. 그렇다면 대략 15일마다 새로운 계절이 찾아온다는 이야기다.

'2주일에 한 번 정도의 주기로 상태가 바뀌시는 것 같아.'

하나에 씨가 사토루 씨에게 그렇게 말했었다.

근거는 없지만, 태양의 주기를 따라 인간의 혼이 오간다고 해도 이상하지 않다는 생각이 들었다. 24절기에 해당하는 날에는 빠져나간 만큼의 혼이 파란 세계에 와 있는 게 분명하다. 나는 확신하면서 다시 요양원으로 향했다.

안내 데스크에 탁상 달력이 놓여 있었다. 대길일이나 대흥일처럼 길흉의 기준이 되는 여섯 날과 함께 24절기도 표시되어 있다. 다음번으로 새로운 계절이 찾아오는 날은 모레였다.

"서두르자!"

너무 서두르는 바람에 자동문이 채 열리기도 전에 뛰어

---

* 보탄(牡丹)은 모란을 의미한다.

나가다가 그만 부딪히고 말았다. 나는 일단 뒷걸음질을 한 후 다시 달려가 센서 밑에 멈춰 섰다. 이번에는 제대로 문이 열렸다.

사쓰키 씨의 무릎 위에서 몸을 웅크리고 있는데 하나에 씨가 늘 오던 시간에 방으로 들어왔다.

"완전히 껌딱지처럼 붙어 있네."

하나에 씨는 황당하다는 표정으로 나를 바라보았다.

"쿠우야, 아이 착해."

사쓰키 씨는 하나에 씨의 목소리가 들리지 않는지 계속해서 내 등을 어루만졌다. 이대로라면 꿈나라로 가버릴 것 같다. 정신을 차려야 하는데 쉽지가 않다. 나는 무거운 눈꺼풀을 억지로 들어 올려 실눈을 뜨고 실내의 상황을 살폈다.

침대 옆 작은 책상에 놓인 종이컵에는 하나에 씨가 조금 전 자동판매기에서 뽑아 온 아이스커피가 담겨 있었다. 하나에 씨는 커피를 한 모금 마신 후 텔레비전이 있는 책장 쪽을 바라보며 빨랫감을 정리하기 시작했다.

'지금이다!'

나는 수염을 팽팽하게 긴장시키고 신중하게 목표물을

노리며 작은 책상 위로 뛰어올랐다. 왼쪽 앞발을 쭉 뻗어서 종이컵 가장자리를 툭 쳤다. 쓰러진 컵에서 커피가 흘러나와 사쓰키 씨의 연 분홍색 가운을 적셨다.

"어머나! 어머니, 괜찮으세요?"

당황해서 돌아보는 하나에 씨에게 혼나기 전에 나는 재빨리 몸을 돌렸다. 하나에 씨의 놀란 목소리가 복도까지 울린 모양이었다.

"무슨 일이세요!"

그렇게 외치면서 뛰어오는 요양사의 발밑을 지나 방에서 빠져나왔다.

스릴 넘치는 체험에 나답지 않게 허둥댔다. 호흡이 진정되고 나서 조용히 문 앞에 다가가 방 안의 대화에 귀를 기울였다.

"컵이 발밑에 떨어져서 어머니에게 닿지는 않았는데, 가운이 더러워졌어요. 이건 물빨래가 안 되는데."

하나에 씨의 난처해하는 목소리에 미안한 마음이 들었지만, 오늘만은 용서해 주시길.

"세탁물로 내놓을까요? 그런데 다음 수거일이 월요일이에요."

요양사가 미안한 듯 말했다.

"월요일에 수거하면 사흘 뒤에나 오는 거죠? 어떡하지…… 어머니가 이 가운이 없으면 불안해하세요. 똑같은 가운이 한 벌 더 있는데 그것도 지금 빨랫감으로 내놔서요."

당황하는 하나에 씨를 진정시키듯 요양사가 이야기했다.

"급하시면 건너편의 세탁소에 맡기면 어떨까요. 아마도 내일이면 찾을 수 있을 거예요."

하나에 씨는 가운을 팔에 걸고 바쁜 걸음으로 세탁소로 향했다. 옷자락에 묻은 커피 향기가 그 뒤를 미행하는 내 코에까지 닿았다.

"어서 오세요."

자동문 안으로 하나에 씨가 사라지자 곧바로 고즈에 씨의 목소리가 들렸다.

그리고 "하나에 씨" "형님" 하면서 놀라는 두 사람의 목소리가 동시에 들렸다.

"이곳에서 일하고 계셨군요."

하나에 씨는 상황을 파악한 듯 고개를 끄덕였다.

"엄마 일에 아무런 도움도 주지 못해서 미안해."

고즈에 씨는 낮은 목소리로 말했다.

"이 가운은 어머니 건데요, 빨리 좀 해주실 수 있을까요?"

"이건…… 입으셨구나."

"네? 아는 옷이에요?"

"내가 결혼 전에 생일선물로 드렸던 가운이야. 세트로 사면 할인하길래 두 벌을 샀는데 엄마는 아깝다며 한 번도 입지 않으셨어."

"어머니가 좋아하시는 옷이에요. 이 가운만 입겠다고 고집을 피우셨는데. 그랬었군요."

하나에 씨의 표정이 숙연해진다.

"내일까지 가능해. 몇 시쯤에 올 수 있어? 시간에 맞춰서 준비해 둘게."

사무적인 말투인데도, 기분 탓인지 고즈에 씨의 목소리가 밝게 들렸다.

7

다음 날, 나는 세탁소 앞에서 하나에 씨가 오기를 기다렸다. 24절기 중 하나인 상강이었던 어제, 파란 세계에서 사쓰키 씨의 혼을 무사히 가져왔다. 이 혼을 하나에 씨에게 위탁해서, 사쓰키 씨의 말을 고즈에 씨에게 전달하겠다는 게 계획이었다.

여기까지 오기 무척 힘들었지만 마침내 임무를 완수할 수 있다는 만족감에 코가 탱탱하게 부풀어 올랐다.

'근데 왜 이렇게 늦지?'

세탁물을 받기로 약속한 시간이 됐지만 하나에 씨가 나타나지 않았다. 설마 내가 한눈을 파는 동안 왔다 가버린 건 아니겠지? 불안한 마음이 들었지만, 그럴 리는 없다. 오늘은 절대 졸지 않았다고 확신한다. 그때 세탁소의 전화벨이 울렸다.

"네, 화이트 클리너스입니다."

전화를 받는 고즈에 씨의 목소리가 들려왔다. 하지만 가게 밖에 있어서 수화기 너머의 목소리까지는 들리지 않았다.

"네, 들었습니다. 오늘 10시에 가지러 오신다고 했는데, 아직 안 오셨어요."

하나에 씨를 말하는 것이다. 역시 아직 오지 않았다. 나는 가슴을 쓸어내렸다. 물론 계속 지켜보고 있었으니 당연한 일이다. 그래, 나는 절대로 졸지 않았던 거야.

그런데 고즈에 씨의 목소리에 당황하는 기색이 느껴졌다.

"네? 배달이요? 할 수는 있지만……."

나는 상상력을 최대한 가동했다.

아마도 이런 상황이지 않을까. 하나에 씨가 사정이 생겨서 올 수 없게 되었으니 직접 가져다주었으면 한다는 것이다.

"제가 호사카입니다만. 네, 어제 접수받았던 사람입니다."

그 후로도 "네", "알겠습니다" 같은 대답이 한참 이어진 후 통화가 끝났다. 고즈에 씨는 꽤 난처했는지, 깊은 한숨 소리가 가게 밖까지 새어 나왔다.

오늘은 고즈에 씨 혼자서 세탁소를 지키고 있었던 모양이었다.

'곧 돌아오겠습니다. 잠시만 기다려 주세요.'

고즈에 씨는 그렇게 적은 종이를 문에 붙여두고 세탁소를 나섰다. 손에는 세탁소의 이름이 인쇄된 비닐포장지가 들려 있었다.

나는 날렵하게 움직여 고즈에 씨 뒤를 쫓았다. 예전에 미치루의 책장에 있던 미스터리 책의 주인공인 고양이 탐정이 된 기분이었다. 사실 그 책의 주인공은 파란 눈동자를 가진 샴 고양이였지만.

겨우 맞은편 건물에 가는 것인데도 고즈에 씨는 도중에

몇 번이나 멈춰 섰고, 그때마다 몸이 떨릴 만큼 크게 심호흡을 하거나 관자놀이에 손을 올리기도 했다. 요양원 마당 안으로 들어가서도 좀처럼 현관에 이르지 못했다. 길을 잃은 사람처럼 왔던 길을 되돌아가는 등 불안해하는 모습이 역력했다.

'이쪽으로 곧장 가면 안내 데스크야!'

답답한 마음에 그렇게 말해주고 싶기도 했지만, 사실은 나도 알고 있었다. 고즈에 씨는 어머니가 있는 건물에 들어가기가 주저되는 것이다.

갔다가 되돌아오기를 몇 번인가 반복한 끝에 마침내 고즈에 씨는 현관으로 들어갔다.

"화이트 클리너스입니다. 고마이 씨가 의뢰하신 세탁물을 가져왔습니다."

고즈에 씨는 안내 데스크 직원에게 가쁜 말투로 말했다.

"아, 세탁소에서 오셨군요. 죄송하지만 방까지 직접 가져가 주시겠어요? 저쪽 계단을 올라가시면……."

설명을 이어가는 안내 직원을 고즈에 씨가 놀란 목소리로 막아섰다.

"제가 가져가야 하나요?"

"네. 고마이 씨의 며느님이 그렇게 부탁하셨어요. 아마도 특별한 옷인지 저희에게는 보여주고 싶지 않은 모양이에요. 세탁물을 접수한 분이 직접 전달해 주면 마음이 놓이겠다고 하셨어요. 그래서 이렇게 번거로운 부탁을 드리게 된 겁니다."

말을 끝낸 직원은 바쁜 듯 원래의 업무로 돌아갔다. 고즈에 씨는 어찌할 바를 모르고 한참을 그 자리에 서 있었지만, 언제까지고 그러고 있을 수는 없었다. 무엇보다 지금 세탁소를 비워놓고 왔으니까 말이다.

고즈에 씨는 어깨를 들어 올리며 코로 깊게 숨을 들이마신 후 천천히 내뱉었다. 그리고 조용히 계단을 올라 사쓰키 씨의 방문 앞에 섰다. 문을 똑똑 두드렸다.

"세탁물 가져왔습니다."

고즈에 씨는 그렇게 말하면서 미닫이문을 밀었다.

나는 문이 열린 틈을 타 방 안으로 들어갔다. 그리고 의자에 앉아서 창밖을 바라보고 있던 사쓰키 씨의 무릎 위로 펄쩍 뛰어올랐다.

"쿠우야, 어서 오렴."

반갑게 맞아주는 사쓰키 씨의 얼굴을 보면서 나는 갸릉갸릉 소리를 냈다. 그리고 꼬리를 획획 흔들면서 사쓰키 씨의 몸 곳곳에 힘주어 문질렀다. 파란 세계에서 가져온 사쓰키 씨 본인의 혼을 옮기는 것이다.

그러자 사쓰키 씨가 고개를 번쩍 들었다.

"가족분이 맡기셨던 세탁물입니다. 이쪽에 두겠습니다."

방으로 들어온 고즈에 씨는 고개를 숙인 채 책상 위에 세탁물 꾸러미를 올려두었다. 머리카락이 얼굴을 가려서 내 쪽에서는 고즈에 씨의 표정이 전혀 보이지 않는다. 사쓰키 씨한테도 마찬가지일 것이었다.

"수고했어요."

사쓰키 씨의 대답을 들은 고즈에 씨는 그대로 몸을 돌려 방을 나가려고 했다. 그때였다.

"그 가운, 입혀줄 수 있나요?"

사쓰키 씨가 말했다.

"그 가운은 착용감이 정말 좋아. 그게 없으면 마음이 불안해진다니까."

사쓰키 씨는 그렇게 말하면서 소녀처럼 웃었다.

고즈에 씨는 잠시 당황한 듯 보였다. 하지만…….

"며느님도 그렇게 말씀하셨어요. 어머님이 좋아하시는 옷이라고. 그래서 급하게 저희 세탁소에 오셨답니다."

그렇게 말하는 고즈에 씨의 얼굴에 온화한 표정이 감돌고 있었다. 그녀는 비닐봉지에서 가운을 꺼내 천천히 사쓰키 씨 옆으로 다가가, 조용히 등 뒤에서 가운을 입혀주었다.

무릎 위에 앉은 내게는 고즈에 씨의 눈에 맺힌 눈물이 보였지만, 앞을 향하고 있는 사쓰키 씨에게는 보이지 않았다.

"고마워."

사쓰키 씨가 천천히 고개를 들었다. 고즈에 씨는 말을 잇지 못했다. 그러자 사쓰키 씨가 다시 한번 말했다.

"고마워. 와줘서 고마워."

고즈에 씨가 방을 나가자, 사쓰키 씨는 무릎 위에 앉아 있는 내 등을 쓰다듬으면서 비밀을 털어놓았다.

"비밀인데, 내게는 예쁜 딸이 있단다."

그리고 이런 말도 했다.

"딸이 소중하지 않은 부모가 어디 있겠니. 다행히 이제 저 아이도 괜찮아 보여서 마음이 놓여."

나도 언젠가 이 말을 고즈에 씨에게 전해주고 싶다고 생각했다. 하지만 그건 상급편. 내가 조금 더 노력해서 성장한 후에나 가능한 일이다.

그 뒤로도 나는 한참 동안 그 방에 있었다. 사쓰키 씨의 무릎 위가 너무 편안해서 잠이 들어버린 것이다. 잠에서

깨어보니 하늘이 어두워져 있었다. 이제 슬슬 카페 퐁에 가야 할 시간이었다. 니지코 씨가 기다리고 있다.

내가 방문 쪽으로 가자 사쓰키 씨가 재빨리 문을 열어주었다.

조금 전 사쓰키 씨는 말린 멸치를 간식으로 주면서 말했다.

"네가 우리 딸아이를 데려왔지? 고마워. 쿠우를 닮은 냥이야."

그리고 내게 장난스럽게 윙크를 했다.

언제 발각된 걸까. 아니, 처음부터 알고 있었나? 이제 와서 그게 언제였든 무슨 의미가 있겠는가.

감사 인사도 할 겸 펫룸에 들를까 생각했지만, 혼자 간식을 받아먹은 것이 냄새로 들통날 것 같아서 곧장 현관으로 향했다. 나를 꼭 닮은 쿠우에게 '고마워' 하고 마음속으로 말했다.

8

"어려운 임무였는데 혼자서 해냈구나!"

니지코 씨가 칭찬해 주었다.

그리고 근무표에 다섯 번째 발 도장을 찍어주었다.

"자, 다녀오렴. 이번에는 네 차례야."

에필로그

택배업자는 늘 우리 편이다.

겨우 반년밖에 지나지 않았는데 미치루 집 마당의 감나무를 본 것만으로도 가슴이 벅차올랐다.

감나무에는 풍작인 해와 흉작인 해가 번갈아 찾아온다. 되는 해, 안 되는 해라고 부르기도 하는 모양이었다. 작년 가을에는 감이 열리지 않아서 미치루의 아빠가 무척 실망했는데, 올해는 가지가 휘도록 감이 열려 있었다.

넋을 잃고 감나무를 올려다보고 있는데, 트럭이 집 앞에서 멈추는 소리가 들렸다.

"택배다!"

나는 트럭에서 내린 택배기사의 발밑을 망설임 없이 스치고 지나갔다. 꼿꼿하게 선 꼬리 끝이 그의 스니커즈에 닿았다.

그러자 내 혼이 순식간에 택배기사에게로 옮겨졌다.

자신의 혼을 누군가에게 맡긴다니, 묘한 이야기다.

고양이 배달부의 임무에는 해당하지 않는 일이다. 의뢰인이 보고 싶어 하는 사람의 혼을 데리고 온 후, 누군가에게 그 혼을 위탁해서 의뢰인에게 말을 전달하는 것이 임무이기 때문이다.

하지만 오늘은 특별한 경우다.

내가 '의뢰인'이기 때문이다. 그리고 그 임무를 완수하는 것도 나 자신이다.

택배기사가 된 나는 내가 입고 있는 제복을 보고 '뭐지?' 하고 생각했다. 길가에 세워진 트럭을 돌아보니 그곳에는 익숙한 고양이 캐릭터 대신 가게 이름이 가로로 적혀 있었다. 택배업체가 아니라 가게의 배달기사였다.

"니지코 씨가 이 시간이면 괜찮다고 알려주긴 했는데."

카페 퐁에서 내 계획을 들은 니지코 씨가 전언 역할을 해줄 사람이 나타날 만한 시간을 조사해 주었다. 당연히 택배기사가 하게 될 줄 알았는데 그게 아니었던 모양이다.

어찌 됐든 이미 혼은 맡겨졌다. 배달원 모습의 나는 의기양양하게 미치루의 집 현관을 향했다.

"안녕하세요. 배달입니다."

현관 앞 인터폰에 대고 말하자 이내 "네!" 하는 상냥한 엄마의 목소리가 들렸다. 나는 힘껏 뛰어오르고 싶은 것을 꾹 참았다.

집 안에서 미치루 아빠의 목소리가 들렸다.

"케이크 가게인가?"

응? 케이크?

나는 손에 들고 있는 상자를 바라보았다. 그러고 보니 어딘가 눈에 익은 로고였다. 맞다, 요전에 고양이 배달부 임무로 찾아갔던 케이크 집의 로고다. 슈크림이 인기라고 했던 그 가게.

집 안에서 아빠가 이야기했다.

"오늘 근무 중에 우연히 지나가며 봤던 케이크 가게야. 사람들이 엄청나게 줄을 섰는데 그때는 시간이 없어서 못 샀거든. 밑져야 본전이라는 생각으로 퇴근길에 들렀지. 그랬더니 마침 슈크림을 추가로 만드는 중이라는 거야. 완성되면 배달까지 해준다고."

"정말?"

미치루의 신이 난 목소리에 나는 당장이라도 집 안으로 뛰어 들어가 머리를 쓰다듬어주는 미치루의 손길을 받고 싶었다.

"가게 이름이 뭔데?"

엄마의 물음에 아빠가 대답했다.

"뭐라더라, '앙부아즈'였던가."

"거기 유명한 집이야. 슈크림이 엄청 인기 있는 집. 하지만 추가로 만든다거나 배달해 준다는 말은 못 들어봤는데."

엄마가 의아한 듯 말했다.

그때는 이미 내가 케이크 상자에 붙어 있는 전표를 보고 난 후였다. 전표 비고란에는 '니지코 씨 예약'이라는 작은 글씨와 함께 특제 고양이 도장까지 선명하게 찍혀 있었다.

'니지코 씨, 고마워. 보답으로 나도 언젠가 꼭 니지코 씨의 고양이를 만나게 해줄게. 니지코 씨의 소원을 반드시 들어주겠어.'

나는 그렇게 맹세하면서 케이크 상자를 두 손으로 고쳐 쥐었다. 현관문이 열리기를 기다리고 있는데, "내가 나갈게" 하는 목소리와 함께 눈앞에 미치루가 나타났다.

마지막으로 봤던 때에 비해 머리카락이 길었고 화장 탓

인지 조금은 어른스럽게 보였다. 분위기가 달라졌다고 느낀 것은 안경을 쓰지 않았기 때문이다. 콘택트렌즈로 바꾼 모양이었다. 제법 매력적이다. 무엇보다 건강해 보였다.

하고 싶은 말은 많지만, 지금은 이 말만 전하면 된다.

"생일 축하드립니다."

나는 온 마음을 담아서 그렇게 말하고, 케이크 상자를 건넸다.

무사히 전달했다는 안도감 때문인지 갑자기 하품이 나와서 황급히 입을 꾹 다물어야 했다.

"도장이나 사인 부탁드려요."

하품을 참으면서 말한 탓인지 '사인'을 '냥인'이라고 해버렸다.

"네, 기다리세요."

미치루가 케이크 상자의 뚜껑을 열면서 거실로 걸어갔다. 겉모습은 조금 어른스러워졌지만, 여전히 응석꾸러기에 먹보구나 싶어 웃음이 새어 나왔다.

"우와, 맛있겠다. 네 개나 있어."

미치루의 신이 난 목소리에 나까지 행복해졌다.

"네 개? 난 세 개만 주문했는데?"

아빠는 이상하다는 듯 말하며 주문 내역을 확인하려고

일어섰다. 하지만 미치루는 "그렇구나" 하고 중얼거리더니, 현관 앞 배달원 모습을 한 내게 돌아왔다. 그리고 도장이 아닌 종이 접시를 건넸다. 그 위에는 슈크림이 잔뜩 든 케이크 하나가 올려져 있었다.

"자, 생일 축하해."

미치루는 어렸을 때 모습 그대로 이를 드러내며 씨익 웃었다.

그 시각 카페 퐁에서 니지코 씨가 놀러 온 스카이에게 이런저런 이야기를 늘어놓고 있다는 사실을 당연히 후타는 알지 못했다.

"지금쯤 후타는 주인을 만나고 있을까."

"주인의 스무 번째 생일이라며."

"후타도 항상 같은 날에 축하를 받았다나 봐. 그래서 스무 살 생일에는 반드시 같이 있자고 약속했었대. 그 약속을 지키고 싶었던 거야."

"그래서 그렇게 열심히 일했구나."

스카이는 감동한 듯 말했다.

"이것 좀 볼래?"

니지코 씨가 스카이에게 설문 엽서를 건넸다.

"우와! 왔었구나?"

엽서를 본 스카이의 눈이 휘둥그레졌다.

"그랬었나 봐. 나도 어떤 손님이었는지까지는 기억이 안
나. 그렇지만 이건 후타에게는 비밀이야."

니지코 씨가 손가락을 입술에 대며 말했다.

"그게 좋겠어."

스카이는 그렇게 말하고 니지코 씨에게 엽서를 돌려주
었다. 엽서에는 이런 글이 적혀 있었다.

의뢰인 – 미치루

만나고 싶은 사람 – 후타

고양이 모습으로 돌아온 나는 감나무 밑에 숨어서 미치
루가 나눠준 슈크림을 할짝거렸다.

그때 어디선가 내 이름을 부르는 소리가 들렸다. 하지만
사방을 둘러보아도 아무것도 보이지 않았다. 케이크 가게

배달원도 돌아갔는지 트럭도 모습을 감춘 뒤였다.

'기분 탓인가.'

남은 크림을 앞발로 긁어모으고 있는데 다시 소리가 들려왔다.

"후타, 여기야!"

머리 위에서 들리는 소리였다. 고개를 젖혀보니 감나무 뒤로 까만 물체가 빠르게 가로질러 갔다. 빗자루를 탄 검은 고양이였다. 일인용 빗자루에 걸터앉은 나쓰키가 신나게 손을 흔들고 있었다.

그래, 벌써 독립했구나. 게다가 "다음엔 뒤에 태워줄게"라고 건방진 소리까지 했다.

나쓰키의 빗자루 위에서 보면 이 마당도 분명 다르게 보일 것이다. 혼자 끙끙대며 우울해하는 일 따위, 드넓은 세상에서 보면 하찮게 여겨지겠지. 하늘에서 그런 풍경을 바라보는 것도 나쁘지 않겠어.

나는 지치지도 않고 입가에 묻은 크림을 끊임없이 핥았다.

다섯 번의 임무를 끝내고 보수도 받았다. 이쪽 세계와 저쪽 세계를 자유롭게 오갈 수 있는 7개월의 기간도 채웠다.

하지만 나는 이 일을 조금 더 하기로 했다.

딱히 다른 사람의 행복에 관심이 있는 것은 아니다. 만나고 싶은 사람을 만나게 해주고 감사 인사를 받아도 특별히 기쁘진 않다.

그저 니지코 씨가 주는 간식과 따뜻한 난로 앞에서의 휴식이 행복할 뿐. 그것뿐이다.

누군가가 보고 싶을 땐
고양이에게 부탁하세요

"후타는 무지개다리의 전설을 들어본 적 있어?"

세상을 떠난 반려동물이 무지개다리 앞에서 주인이 언젠가 이쪽

세계로 오기를 기다린다는 전설이 있다고 한다.

"그게 무슨 전설이야? 거의 사실이잖아."

그림책 『강아지 별』에는 꽃 한 송이를 입에 물고 무지개

다리를 바라보고 있는 하얀 강아지가 있고, 드라마 〈도깨

비〉에도 저승을 찾은 시각장애인을 안내견 '해피'가 꼬리

를 흔들며 마중 나오는 장면이 있다.

그러고 보면 무지개다리의 전설은 정말 전설이 아닌 사

실인 게 아닐까? 반려동물을 먼저 떠나보낸 경험이 있는 사람이라면, 무지개다리 이야기가 얼마나 따뜻한 위로가 되는지 알 것이다. 이 책은 그 전설만큼이나 아련하고 몽글몽글한 이야기다.

주인공 후타는 사랑을 듬뿍 받으며 19년의 생, 즉 고양이로서는 천수를 다했다고 할 만한 생을 살고 무지개다리를 건너왔다. 막상 저승에 와보니 이곳에서의 삶은 이승보다 더 편안해 보인다. 인간은 자신이 원하는 나이로 돌아갈 수 있고, 동물은 가장 건강했던 시기의 모습으로 살아간다. 하지만 모든 것이 충족되지는 않는 모양이다. 기본적인 의식주는 제공되지만, 비싼 간식과 장난감을 얻기 위해서는 아르바이트를 하면서 스스로 돈을 벌어야 한다.

우리의 주인공 후타도 아르바이트를 하기로 결심하는데. 가장 먼저 후타의 마음을 사로잡은 직업이 고양이 배달부였다. 다섯 번의 임무를 완수하면 주어진다는 '특별 보수'에 마음이 혹한 것이다.

고양이 배달부의 임무는 '간절하게 만나고 싶지만 만날 수 없는 사람'을 만나게 해주는 일. 손님이 원하는 사람은 저세상 사람일 수도 있고, 아닐 수도 있다. 여하튼 '간절하게'가 핵심이다.

첫 개인전을 열게 된 한 여자가 있다. 그녀가 간절하게 만나고 싶은 사람은 세상을 떠난 아빠다. 그녀는 화가로 성장한 자신의 모습을 꼭 아빠에게 보여주고 싶다. 그는 저승에서 어떤 모습으로 살아가고 있을까. 그리고 자신을 그리워하는 딸에게 어떤 말을 해주고 싶을까. 그것을 제대로 전달할 수 있을까. 그렇게 후타의 첫 임무가 시작된다.

한편, 유산한 아이를 마음속에 품은 채 매년 생일 케이크의 초를 켜는 부부. 어느덧 세월이 흘러 아이의 여섯 번째 생일이 다가왔다. 살아 있었다면 초등학교에 입학했을 나이다. 엄마는 아이를 간절하게 그리고 있다. 하지만 배 속에서 세상을 떠난 아이의 영혼을 찾는 게 과연 가능할까? 게다가 아직 말도 배우지 못했을 텐데. 후타의 두 번째 임무에 난관이 찾아온다.

세 번째 의뢰인 후미는 전직 가수다. 하지만 세월이 흐르며 반짝이던 모습이 사라졌고, 얼굴에 드리워진 그림자는 이제 짙은 화장으로도 가려지지 않는다. 그녀는 최근 감자 사재기를 시작했다. 마트에 다녀올 때마다 점점 늘어나더니 급기야 택배 상자까지 쌓이기 시작했다. 그녀는 누구를 그리워하는 걸까. 그리움과 감자에는 어떤 연관이 있을까. 후타는 처음으로 저승이 아닌 이승의 누군가를 만나게 해줘야 한다는 미션에 봉착한다.

만나고 싶은 사람이 꼭 그리운 대상인 것만은 아닐 것이다. 초등학생 때 선생님에게 상처를 받았던 한 아이는 이제 어엿한 사장님이 되었다. 그는 선생님에게 작은 일에도 상처받는 아이가 있다는 사실을 깨닫게 해주고 싶다. 이미 어른이 된 그가 과거의 선생님을 만나게 하려면 어떻게 해야 할까. 후타의 상상력이 뒷받침되어야 하는 임무다.

'치매로 나를 알아보지 못하게 된 엄마와 옛이야기를 나누고 싶다'가 후타가 해결해야 하는 마지막 소원. 이 임무만 마치면 그토록 원했던 특별 보수를 받게 된다. 하지만, 역시 쉽지 않다. 딸은 치매에 걸리기 전의 엄마를 간절하게 그리워한다. 이승과 저승을 오가는 일은 어렵지 않지만, 현세를 살고 있는 사람의 과거를 소환하는 게 과연 가능할까? 그간 익혀온 기술과 상상력을 총동원해야 한다.

마침내 다섯 번의 임무를 완수한 후타. 고양이의 뛰어난 청력과 날렵함도 큰 몫을 했지만, 호기심을 자극하는 거리 위 수많은 장애물―반짝이는 셀로판지나 판자의 옹이구멍 등으로 인한 어려움도 많았다. 가장 큰 문제는 시도 때도 없이 찾아오는 졸음이었지만.

여하튼 우리의 후타는 온갖 역경을 극복하고 특별 보수를 획득하는 데에 성공한다.

후회라는 마음의 통증은 타인에 대한 상냥함을 낳는다. 니지코 씨의 흔들림 없는 강인함과 애정이 내게 그 사실을 가르쳐주었다.

후타가 받은 특별 보수에는 카페 퐁의 주인 니지코 씨의 애정 어린 배려가 숨겨져 있었다.

니지코 씨가 유독 고양이에게 애틋한 데에는 이유가 있다. 이따금 내뱉는 한숨, 그리고 언뜻언뜻 내비치는 슬픔을 보면 커다란 사연이 있는 것 같지만 알고 보면 그리 큰 비밀이 있는 것도, 그리 큰 잘못을 저지른 것도 아니다. 그럼에도 니지코 씨가 느끼는 후회가 가슴에 묵직하게 내려앉는 이유는, 반려동물의 마지막을 함께해야 하는 우리가 경험할 수밖에 없는 딜레마 때문이다. 이별이 후회로 남지 않게 하려면 어떤 선택을 해야 할까. 아마도 니지코 씨가 느끼는 후회에 그 답이 있는 듯하다.

이 책은 고양이가 주인공이지만 반려동물에 대한 소설인 것만은 아니다. 사람들이 저마다 품고 있는 다양한 색채와 형태의 그리움을 묘사한 소설이다. 무지개다리 너머의 세상에 더 관심이 가고 니지코 씨의 감정에 관해 깊은 생각을 하게 되었던 것은 순전히 옮긴이의 개인적인 경험 때문이다. 이 소설 덕분에 먼저 떠난 반려견에 대한 미안함이 행복한 상상으로 바뀌었고, 오랜 시간을 같이한 지금의 반려견과 어떻게 마지막을 맞이하면 좋을지 나름의 다짐도 하게 되었다.

니지코 씨의 후회가 나의 후회가 되지 않도록, 무지개다리의 전설을 진심으로 믿어보기로 한다.

퐁 카페의 마음 배달 고양이

초판 1쇄 발행 2024년 5월 10일
초판 3쇄 발행 2024년 6월 18일

지은이 시메노 나기
옮긴이 박정임
펴낸이 김선식

부사장 김은영
콘텐츠사업2본부장 박현미
디자인 정명희 **책임마케터** 최혜령
콘텐츠사업6팀장 임경섭 **콘텐츠사업6팀** 정지혜, 곽수빈, 정명희
마케팅본부장 권장규 **마케팅1팀** 최혜령, 오서영, 문서희 **채널1팀** 박태준
미디어홍보본부장 정명찬 **브랜드관리팀** 안지혜, 오수미, 김은지, 이소영
뉴미디어팀 김민정, 이지은, 홍수경, 서가을, 문윤정, 이예주
크리에이티브팀 임유나, 변승주, 김화정, 장세진, 박장미, 박주현
지식교양팀 이수인, 염아라, 석찬미, 김혜원, 백지은
편집관리팀 조세현, 김호주, 백설희 **저작권팀** 한승빈, 이슬, 윤제희
재무관리팀 하미선, 윤이경, 김재경, 임혜정, 이슬기
인사총무팀 강미숙, 지석배, 김혜진, 황종원
제작관리팀 이소현, 김소영, 김진경, 최완규, 이지우, 박예찬
물류관리팀 김형기, 김선민, 주정훈, 김선진, 한유현, 전태연, 양문현, 이민운

펴낸곳 다산북스 **출판등록** 2005년 12월 23일 제313-2005-00277호
주소 경기도 파주시 회동길 490
전화 02-704-1724 **팩스** 02-703-2219
이메일 dasanbooks@dasanbooks.com
홈페이지 www.dasan.group **블로그** blog.naver.com/dasan_books
용지 스마일몬스터 **인쇄 및 제본** 정민문화사 **코팅 및 후가공** 제이오엘엔피

ISBN 979-11-306-5168-2 (03830)